少年维特的烦恼

The Sorrows of Young Werther

约翰·沃夫冈·歌德
Johann Wolfgang Von Goethe

图书在版编目（CIP）数据

少年维特的烦恼/（德）歌德著；任宣怡译.
—北京：华艺出版社，2009.7
（世界名著经典文库系列）
ISBN 978-7-80142-828-8

Ⅰ.少⋯ Ⅱ.①歌⋯②任⋯ Ⅲ.书信体小说-德国-近代 Ⅳ.I516.44
中国版本图书馆CIP数据核字（2007）第051563号

少年维特的烦恼

著　　者:	约翰·沃夫冈·歌德
译　　者:	任宣怡
责任编辑:	华仁
封面设计:	崔娱
版式设计:	天麦艺擘设计制作
出版发行:	华艺出版社
社　　址:	北京北四环中路229号海泰大厦10层
邮　　编:	100083　电话 82885151
印　　刷:	北京市顺义兴华印刷厂
开　　本:	880×1230　1/32
字　　数:	77千字
印　　张:	4.25
版　　次:	2009年7月北京第1版第1次印刷
书　　号:	ISBN 978-7-80142-828-8/I·395
定　　价:	10.00元

目录

作品导读

炽热无悔的爱恋
——歌德和他的作品

　　约翰·沃夫冈·歌德（一七四九——一八三二），伟大的诗人、作家，德国古典文学最重要的代表。

　　一七四九年八月二十六日，歌德出生在美因河畔的法兰克福。他的父亲拉斯帕尔·歌德广有财产、学识渊博，拥有法学博士学位，但仍然遭受贵族的蔑视，于是买了一个皇家顾问的空头衔，被迫赋闲在家，三十九岁才与家境清寒的市长女儿结婚。在这样的家庭里成长的歌德，一方面能够接受很好的教育、享受悠闲的生活；另一方面也感染到对贵族社会的厌恶情绪。歌德六岁开始跟随家庭教师学习德文、拉丁文、法文、数学以及《圣经》，从小喜欢自然科学和文学艺术。一七六五年，在父亲的坚持下，歌德违背自己的意愿，到莱比锡大学学习法律，但未修完课程便因病回家。一七七〇年，歌德进入斯特拉斯堡大学继续学习法律，并加入狂飙运动，成为该文学运动的代表人物。一七七四年秋，书信体小说《少年维特的烦恼》出版，立即风靡德国乃至于整个欧洲，歌德一举成名。一七八二年，德意志皇帝封歌德为贵族，称为冯·歌德。一七七五年十一月，歌德来到威玛，次年进入威玛公国宫廷参政，开始了近十年的从政生涯。一七八六年九月，他到意大利游历，而且持续数年，为他日后的写作提供了丰富养分。歌德一生创作极为丰富，写作活动长达六七十年之久，经历了德国文学史上狂飙运动、古典主义和浪漫主义三个阶段，直到一八三二年三月二十三日去世，享年八十三岁。歌德为世人留下大量的诗歌，以及戏剧、小说、散文等各种体裁的文学作品与理论著作，特别是不朽巨著《浮士德》，对世界文学艺术有着十分重要而深远的影响。

　　一七七〇年至一七八五年间，由于受到法国启蒙运动思想家鲁索的影响，德国产生了声势浩大的资产阶级反封建的文学思潮，即狂飙运动，这是因作家克林格尔的同名剧《狂飙》而得名。它反对封建桎梏和虚伪的道德风尚，要求创作自由和个性解放，主张返归自然，推崇天才，在文学上强调民族风格。当时，歌德正在斯特拉斯堡大学读书，结识了狂飙运动者，尤其是学识与文法都非常杰出的文艺理论家赫尔德尔，在他的影响下，歌德广泛阅读了荷马、裁相、品达洛斯的作品，还有莎士比亚的戏剧以及英国启蒙作家的小说，并收集整理民歌、研究斯宾诺莎的泛神论哲学，对他未来的创作发展之路具有深远的意义。歌德积极投身于狂飙运动，自他发表了著名的演讲《莎士比亚纪念日》，此一文学运动开始走向高潮，他的《少年维特的烦恼》和席勒的《阴谋与爱情》成为狂飙运动文学的代表作。

歌德所处的时代，战争与革命此起彼伏，如七年战争、法国大革命、拿破仑远征、英法之战等，使得他洞悉人类生活与命运的严酷；而他与各类天才如席勒、莫扎特、贝多芬、鲁索、莱辛之间的交往，又使他的思想更为深刻、视野更加广阔。一七八八年，歌德与剧作家、诗人席勒相遇，开始了他们之间一生的友谊。一七九四年，席勒为自己筹划中的杂志《时代女神》邀请歌德，之后合作完成了讽刺短诗《克塞尼恩》（《警句》）。一七九七年，两人又相互竞赛创作叙事诗，歌德写作了《掘宝者》、《魔术师的门徒》、《神和芭雅德娜》、《科林斯的未婚妻》等，这一年在德国文学史上称为叙事诗年。两位文学巨人共同将德国古典文学推向了一个前所未有的高度。

歌德的诗歌体裁包括抒情诗、自由体诗、叙事诗、牧童诗、悲歌、历史诗等。在叙事诗方面，一七七三——一七七四年创作的叙事诗《魔王》，后由舒伯特作曲而成为世界名曲；一七九七年创作的《科林斯的未婚妻》，堪称叙事诗中的《浮士德》。在抒情诗方面，七十四岁时创作的《马里恩巴德悲歌》，有人把它称做老年诗

人的"天鹅之歌";小说《威廉·迈斯特》中的两首《迷娘》和《歌手》,是歌德抒情诗中的绝唱,包括贝多芬在内的无数音乐家都曾为之谱曲。在自由体诗方面,有著名的《普罗米修斯》、《浪迹者的暴风雨之歌》等。他的《东西诗集》堪称德国诗苑中的一朵奇葩,其中的诗歌大部分写于一八一四——一八一五年。当时正值法国大革命时期,为了逃避现实,歌德转而沉浸于研究东方文化,受其启发而创作了这部内容复杂的《东西诗集》,有人把它比做《神曲》。在这部诗集中,歌德为自己披上波斯诗人的外衣,将一切事物都涂抹上神秘的东方色彩,深刻地表达了自己的人生观、宗教观和宇宙观。

歌德在一七七三——一八三一年完成的哲理诗剧《浮士德》,是德国文学中最杰出的作品、世界文学中的不朽名著,是堪与荷马史诗、莎士比亚戏剧媲美的伟大诗篇。《浮士德》取材于德国十六世纪关于浮士德博士的传说,他塑造了一个不断探索人生真谛、不断进取的形象,体现了资产阶级上升时期追求真理、自强不息的精神,也是德意志民族优秀传统的反映。浮士德是和善、光明、理性的代表,是人类创造力的代表,他一方面不满现实,追求理性与光明,企图以资产阶级启蒙思想家提出的理想王国来寄托其理想;另一方面又感到消极和苦闷,两者在浮士德身上不断地发生矛盾、斗争。诗剧中的梅菲斯特是"否定的精灵",作为浮士德的对立面出现,是对人的理性和创造力的否定。诗人交替使用现实主义和浪漫主义的手法,深刻展现出浮士德和魔鬼梅菲斯特的善与恶、进取与消沉的辩证发展关系。《浮士德》内容博大、想象丰富、结构严谨,现实主义和浪漫主义的写作手法使诗篇既有强烈的现实感,又有玄妙的虚幻感,不愧为巨匠手笔。

此外,歌德还创作了诗剧《哀格蒙特》、《伊菲格尼在陶立斯岛》等,以及小说《少年维特的烦恼》、《威廉·迈斯特》两部曲《戏剧使命》和《漫游时代》、《亲和力》、自传体小说《诗与

真》等。

歌德对自然科学颇有广泛研究。一七八四年，他开始研究骨骼学，同年发现了人的腭间骨，为人类系由脊椎动物进化而来提供了证据。后来，歌德相继研究了植物学、昆虫学、光学、化学，并完成了《植物形变论》、《光学论文集》等。

歌德一生的爱情生活丰富而曲折，充满浪漫情调，而且每一次恋爱都让他创造出优美动人的诗篇。早在歌德十七岁的时候，他爱上了饭店老板之女格兰钦·辛克普，并写出诗集《安涅台》；在斯特拉斯堡大学期间，歌德与塞森海姆乡村牧师的女儿弗莉得里凯·布里温相爱，写下了《五月之歌》等；一七七五年，歌德与法兰克福一位银行家的十六岁女儿丽丽·斯涅曼订婚，度过了"一生中最激动、最幸福的时光"，写下《新的爱，新的生活》、《湖上》、《秋思》等；一七七六年，歌德与比自己大七岁的斯坦因夫人相爱，写出《无休止的爱》等；一七八八年，歌德爱上二十三岁的制花女工克莉斯蒂安·乌尔皮尤斯，为她写下《罗马悲歌》，并于一八〇六年十月十九日结婚；一八〇七年，歌德喜欢上书商弗里曼十八岁的养女维尔赫米涅·海茨利普，为之写下许多十四行诗。歌德七十四岁时经历了一次传奇式的爱情，他爱上了十九岁的伍尔里凯，著名的《马里恩巴德悲歌》就是这时写的。

在歌德一生无数的恋爱经历中，唯有一次令他欲爱不能、悲痛欲绝，也因此写出《少年维特的烦恼》，从而震惊欧洲文坛，一夜成名。尽管歌德后来创作出表现人类自强不息的精神和光明灿烂未来的壮丽颂歌——《浮士德》，然而，他之所以享誉世界、家喻户晓，却是因为这本书信体小说《少年维特的烦恼》。

一七七二年，歌德在威茨拉尔帝国高等法院实习期间，与年轻的法学家克施托纳尔相识并成为挚友。然而，在一次舞会上，歌德却被克施托纳尔的未婚妻夏洛蒂·布福深深地迷住了。夏洛蒂有着一双蓝色的眼睛，纯真可爱，令歌德陷入炽热的爱情中不能自拔。

尽管他的朋友没有怨恨，夏洛蒂对他也很友善，但是歌德却感到痛苦绝望，因此想到了自杀。四个月后，歌德毅然选择了离开。一个多月之后，歌德在莱比锡大学的一个同学在威茨拉尔自杀了，原因是爱慕同事的妻子遭到嘲弄，工作中受到上司的挑剔，社交场合上又受到贵族的侮辱。一七七四年，女作家索菲罗歇十八岁的女儿马克西米琳娜嫁给法兰克福的一名富商，歌德以前认识她，因此交往甚密；马克西米琳娜的丈夫比她大二十岁，为人粗俗，竟然和歌德发生了激烈的冲突。这件事深深地刺痛了歌德，这些年来的种种遭遇在他心中不断涌现，令他悲愤不已，由此诞生了《少年维特的烦恼》。

然而，《少年维特的烦恼》并不只是一部个人的爱情悲剧，它的价值在于表现了一个时代的烦恼、苦闷和憧憬。小说出版之际的一七七四年，欧洲正处于由封建制度向资本主义制度的过渡时期，启蒙运动已深入人心，强调"个性解放"和"感情自由"，年轻的一代渴望打破等级界限，建立合乎自然的社会秩序和人与人之间的平等关系。但是，现实并没有理想的那样光明，资产阶级在同封建贵族的较量中大多败下阵来，社会似乎仍然在黑暗中徘徊，因而在资产阶级阵营中滋生出悲观、伤感的情绪。同时，德国狂飙运动正在兴起，它提倡回归自然，追求个人的自由和全面发展。在这样的时代背景下，《少年维特的烦恼》不仅揭示了年轻一代与社会现实之间的矛盾，也反映了他们在对抗泯灭个性的封建专制时的软弱，以及在理想破灭后自杀的悲剧结局。《少年维特的烦恼》采用书信体的形式，其诗意的语言、浓郁的伤感气息、细致入微的心理描写，使它在艺术上取得很高的成就。

在小说《少年维特的烦恼》中，刚刚经历爱情磨难的主角维特，隐居到一个"幽静沉寂"的地方，在美丽的大自然怀抱中，他受伤的心灵渐渐复苏。坐落在一个小山岗旁的瓦尔海姆是他喜爱的地方。由于一次舞会，维特与夏绿蒂相遇并一见钟情，但夏绿蒂已

与阿尔伯特订婚。维特内心无限痛苦，绝望之中去了公使馆担任文职，然而仍不得志，愤然辞职后又来到夏绿蒂身边。但此时的夏绿蒂已经结婚，维特多情善感却得不到爱情，最后饮弹自杀。

维特是一个受启蒙思想影响而觉醒的青年。他热爱自然，追求自由独立的人格，蔑视等级制度和法律道德，厌恶封建贵族，无视阶级偏见，亲近瓦尔海姆的平民，同情失恋而自杀的少女和寻求婚姻自由而犯罪的青年农民。然而，面对现实的不平等，维特却无能为力，只能"恨不得用利剑刺破自己的胸膛"，"鲜血会平息我心中的怒火"，使"躁动不安的灵魂获得永恒的自由"。在夏绿蒂的爱情中，维特得到了慰藉，那是面对残酷的现实却无可奈何的最后庇护所，就如同他深深地沉浸在荷马和莪相的诗篇中一样。他对夏绿蒂的爱是那样炽热，因此"当我陪伴在夏绿蒂身边的时候，时常连续两三个小时欣赏她优美典雅的举止、精妙隽永的言谈。我是如此全神贯注，激动、紧张、亢奋交织在一起，令我头晕目眩，以至于眼前发黑、耳朵什么也听不见、喉头如窒息般难受、心儿狂跳不已。我竭力让自己松弛下来，可事与愿违，反而更加迷乱了"；"这个时候，我自己也不清楚是否还活在这个世界上！"然而，维特的性格又是软弱的，在那样令人窒息的社会环境下，他的爱情必然是走上绝路，最后只能以自杀来寻求解脱。

夏绿蒂是个纯真无邪、聪慧美丽的姑娘，她一方面感受到新思潮的影响，尽管同阿尔伯特订了婚（后来结了婚），但仍然与维特交往并善待维特；另一方面，当她"猛然感觉到，自己竟暗暗地在希望着一件事——尽管她不肯承认——把维特留给自己"的时候，"她立刻断然否认"，并屈从于传统道德，无意去抗争、去反叛。因此，当她意识到维特即将结束生命的时候，显得那样无能为力。

在歌德笔下，阿尔伯特是一个前后有所变化的人。在第一篇中，阿尔伯特是个豁达大度、善良而高尚的人，"一位无法不对他产生好感、能干而温和的人"。但在第二篇中，阿尔伯特却变成一个感情冷漠的人。比如维特在告诉威廉那个曾经单恋过夏绿蒂的疯子的情况时，这样写道："我之所以把这段文字写成这个样子，是因为阿尔伯特就是这样无动于衷地告诉我的。"同时，在维特眼中，阿尔伯特还是竭力维护法律道德的人，尽管那些道德法律是如此没有人性。当维特满怀希望想要拯救那个犯了罪的青年农民，阿尔伯特却站在法官这一边。之后维特在一张纸条上写了这样一句话："有什么用呢？尽管我反反复复地对自己说：他是个好人，一个正直的人，但我却依然心乱如麻，眼前的事实让我该怎么评论他啊！"

狂飙运动主张一切回归自然，在《少年维特的烦恼》中，关于自然的描写几乎无时不在，大自然在维特的心中神圣无比：他陶醉于自然、赞美自然，主张艺术皈依自然，亲近所有自然的人——纯朴的村民和儿童。就连他对夏绿蒂的一见钟情，也是因为她天真可爱，保持了少女的自然本性。歌德用精湛的文笔将大自然描绘得富于诗情画意，以景物烘托出人物的心理历程，犹如一首哀怨凄美的人生悲歌。

在歌德这样一位伟大诗人的心中，《少年维特的烦恼》究竟占有怎样的地位呢？歌德晚年的时候曾经对他的秘书说，《少年维特的烦恼》是他"用自己的心血哺育出来的，它包含了大量出自我心灵的东西，以及大量的情感和思想，这些足够写一部比它长十倍的小说"。在德国和欧洲文学发展史上，《少年维特的烦恼》堪称一个重要的里程碑。

延伸阅读

一、《一个世纪儿的忏悔》《La Confession D'un Enfant du Siecle》

《一个世纪儿的忏悔》是法国浪漫主义作家缪塞的代表作。所谓"世纪儿",是指沾染上"世纪病"、怀疑一切、颓废纵欲、处于痛苦和彷徨之中的资产阶级青年一代。小说主角奥克达夫是十九世纪二三十年代,法国资产阶级知识青年的一个典型代表。

奥克达夫是巴黎的一个富家公子,过着上流社会游手好闲、骄奢淫逸的生活。当他发现自己深爱着的女人对他不忠,盛怒之下与情敌决斗却不幸受伤。此后,他陷入极度的痛苦中,对一切都表示怀疑。为了忘却痛苦,奥克达夫过着放荡不羁的生活,沉醉于酒色之中不能自拔。这是他染上"世纪病"的开始。父亲病故后,奥克达夫回乡奔丧,来到宁静恬淡的乡村,并爱上了美丽善良的寡妇布丽斯。这是一位性情温柔的知识女性,奥克达夫从她的爱中获得了生活的希望和力量。然而,染上"世纪病"的奥克达夫一方面热恋着布丽斯,另一方面又怀疑她对自己不忠;既要求她的纯洁爱情,又担心她不能像那些放荡的女人一样爱他;既不能好好地爱她,又不愿失去她,甚至企图杀死她。奥克达夫变态的恋爱心理使两人陷入痛苦之中。虽然奥克达夫深爱着布丽斯,但他反复无常、暴躁易怒的性格常使布丽斯痛不欲生。经过痛苦的精神折磨与挣扎,奥克达夫终于摆脱了邪念,离开了布丽斯,让她和一个挚爱着她的青年在一起。

小说结构巧妙,充满戏剧性,心理描写细腻生动,尤其是对奥克达夫变态的恋爱心理的刻画,鲜明地表现了主角内心的矛盾、痛苦和激情。缪塞不愧为文学天才,把奥克达夫和布丽斯之间的悲剧恋情写得缠绵悱恻、惊心动魄,使作品具有巨大的艺术魅力。

二、《红与黑》《Le Rouge et le Noir》

一八二七年十二月，斯汤达尔在一份报纸上读到贝亚德谋杀案，从这件情杀案中，他找到小说《红与黑》的主角于连·索海尔的原型，并把于连塑造成平民冲击复辟王朝、个人挑战封建社会的代言人。

于连是木匠的儿子，富有才华，意志坚强，具有民主、自由和平等意识，以及反抗贵族社会的精神，并立志要依靠个人奋斗来改变卑微的社会地位。他崇拜拿破仑，幻想着跟随军队闯出美好未来；然而王朝的复辟令他的梦破灭了。他转而决定成为神父，以突破上流社会对平民阶层的压抑。尽管于连并不信仰基督教，却将拉丁文《圣经》读得倒背如流。十九岁的于连来到维立叶尔市市长家做家庭教师，并得到市长夫人德·雷纳尔夫人的爱情。在贝尚松神学院，于连学会了教士们虚伪和欺骗的处世手段。后来，于连与德·拉穆尔侯爵小姐相爱。正当他一步步接近梦想的时候，对他一往情深的德·雷纳尔夫人违心地向德·拉摩尔侯爵发出一封告密信，断送了于连的大好前程。一怒之下，于连在教堂内开枪击伤了德·雷纳尔夫人。尽管在死牢中的于连可以请求特赦，而且还能得到财富和美人，但在退缩和反抗之间，他还是义无反顾地选择了反抗，他要用自己的鲜血，向腐败的贵族与教会提出强烈抗议。于连拒绝向贵族阶层把持的法庭求饶，最后被送上了断头台。

于连和德·雷纳尔夫人、德·拉穆尔侯爵小姐的爱情故事，始终贯穿整部小说，它的价值就在于对追求平等自由的恋爱和婚姻的肯定，对个性解放的赞颂。对两位贵族女性来说，尽管她们的爱情方式各不相同，但她们的行为表现出对阶级的厌恶，反叛了当时的社会道德。对于连来说，他的爱情之路同样显示出他个人的反抗精神。在与两位女性的恋爱中，于连对恋人的柔情，远远不及他作为一个平民青年要求获得恋爱和婚姻自由平等的热情。当然，于连在

开始追求她们时各有不相同的目的，这是时代给他的爱情打下的烙印。尽管于连在恋爱中采取了不择手段的低劣做法，但在当时的历史背景下，他的两次恋爱却具有追求平等自由和个性解放的积极意义。

于连的悲剧是那个黑暗的时代背景下的悲剧。于连有着极其敏锐的平民意识，时刻清楚自己的社会地位低下，对上层社会的丑恶行径观察得十分透澈，并怀着强烈的不满，决心透过顽强的个人奋斗来反抗这不平等的社会。然而，于连的反抗是平民反抗意识和个人进取野心的复杂结合，因此必然是矛盾和扭曲的，其结果必然是悲剧性的。

斯汤达尔展示了于连全部的善与恶，对之满怀同情。他欣赏于连，赋予于连面对专制社会的勇气，以及抗争的精神；但他也清楚地意识到于连必然失败的悲惨结局。他的结局暗示着个人的反抗无法改变不平等的社会制度。由此也揭露了罪恶的社会，对于连这样有才能的青年一代的摧残。

作家在复杂的矛盾冲突中生动地刻画出人物性格，并细致入微地展示了人物内心深处的思想活动，塑造出一连串具有丰富内心世界的人物形象，使《红与黑》成为不朽的世界名著。

三、《新爱洛绮丝》《Julie ou la Nouvelle Heloise》

《新爱洛绮丝》为书信体小说，是法国思想家、哲学家、教育家和文学家鲁索的代表作，描写了一对恋人的爱情悲剧。小说之所以取名为《新爱洛绮丝》，是因为故事的悲剧结局与十二世纪法国哲学家阿贝拉尔和爱洛绮丝的爱情一样。在十二世纪的法国，经院哲学家们多是些教士，他们生活清苦而乏味，只有阿贝拉尔是个例外。阿贝拉尔是个教师，博学多才，擅长辩论，他和一个漂亮的学生爱洛绮丝深深相爱，却遭到爱洛绮丝叔父的反对和暴力干涉，竟

致阉割了阿贝拉尔。悲愤之下，两人都进了修道院。尽管阿贝拉尔和爱洛绮丝未能相守，但仍然相互依恋，书信不断，直到阿贝拉尔死去，这些书信成为法国文学的精品。爱洛绮丝和阿贝拉尔的故事哀婉动人，深深地打动了鲁索，于是创作了小说《新爱洛绮丝》。

在《新爱洛绮丝》中，圣普乐是一个品德高尚、学识渊博的优秀青年，他和贵族小姐茱莉·德丹兹相爱。然而，由于圣普乐出生贫寒，两人社会地位悬殊，因而受到茱莉的父亲德丹兹男爵的竭力反对，他不能忍受女儿嫁给一个平民。于是，在茱莉父亲的授意下，经茱莉的表妹克莱尔和圣普乐的朋友、英国人爱德华的安排，圣普乐离开了茱莉，后来随一支英国舰队远航。圣普乐走后，茱莉苦苦思念着他，但迫于父命，和一个与她在年龄及宗教信仰上都有极大差距的俄国贵族沃尔马结婚。茱莉和圣普乐被迫分离，只有透过书信来倾诉真挚的情谊。小说围绕着茱莉与圣普乐，以及他们与克莱尔、爱德华和沃尔马之间往来的书信展开。后来，茱莉因跳入湖中救她的孩子而病逝。

在阶级森严的封建社会，圣普乐的悲剧是必然的，尽管他内心充满痛苦，却无力抗争。小说有力地抨击了不平等的社会制度，深刻揭露出专制的暴力是人们追求民主、自由的死敌。

小说描写茱莉和圣普乐之间纯洁动人的爱情，描绘了大自然的美丽景色。在法国文学史上，启蒙思想家鲁索第一个把爱情视为人类高尚的情操来歌颂，也是他首先把大自然的美丽风光写进小说。小说采用书信体的形式，细腻地表现出主角在大环境的压抑下，充满痛苦、哀怨、矛盾的复杂感情。

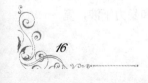

少年维特的烦恼
The Sorrows of Young Werther

我尽力搜集一切关于可怜维特的故事，将它呈献给你。在你阅读这本书之后，一定会对维特的精神与性格感到敬佩与爱慕，为他不幸的命运流下同情的眼泪。

和维特一样心灵倍受煎熬的人啊，从他的痛苦中去寻找慰藉吧！如果你的生命中错过了知心的人，就让这本小书做你的朋友吧！

第一编

一七七一年五月四日

真的很高兴，我终于走了！人的心真奇怪。我离开了你，离开了难舍难分的挚友，竟然会感到高兴！不过，我的朋友，我知道你会原谅我的。

由于命运的安排，让我结识了另外几个人，扰乱了我这颗原本就不安宁的心，可是我并没有做错什么啊！可怜的蒂奥诺莱，她妹妹的非凡魅力令我一见倾心，却使她深陷于痛苦之中，这难道是我的错？然而，我真的没有错吗？我就不曾助长她对我的感情？当她流露真情的时候，我就不曾沾沾自喜，并当众用这件事来取笑她吗？我就不曾……唉，人真是一种习惯自怨自艾的奇怪动物。

亲爱的朋友，我绝对不会再像过去那样地生活了，总是把一点点的痛苦反复咀嚼。我会及时享受生活，过去的就让它永远过去吧。正如你所说，如果人们不是那么没完没了地陷入对往昔痛苦的回忆中——只有上帝才知道为什么把人造成这个模样——而是尽情地享受生活的乐趣，那人世间的痛苦就会少一些。

请转告我的母亲，我将尽力处理好有关遗产的事，并及时写信告知她。在此我只简要地说明一下：我已经见到姑妈，她并不像我们在家时所谈论的那样刁钻刻薄，而是一位热心坦率的夫人。对于她扣下部分遗产而不加以分配这件事，我向她转达了我母亲的不满，她则耐心地解释了这么做的理由，以及要她交出全部遗产的条件；也就是说，她所要给予我们的，将比我们所要求的多得多……请我的母亲不必担心，一切都会好起来的。唉，我发现，这个世界在诸如此类的小事情上，误解与成见往往会铸成比诡计与恶意更大的错误。

我在这里感到非常愉快，幽静沉寂的环境正是医治我内心创伤的灵丹妙药，明媚的春光温暖了我时常感到寒战的心。这里就像人间伊甸园，每一株树、每一排篱笆上都有繁花盛开，我真想变成一只金甲虫，自由地遨游在馥郁的香海中，尽情地吮吸甘美的雨露和花蜜。

这里的城市并不舒适，但郊外的自然景色却优美秀丽，也许正是这个原因打动了已故的M伯爵，才决定把花园建在一座小山丘上。像这样的小山丘，在旷野中到处可见，它们纵横交错，千姿百态，山丘之间形成一道道幽静迷人的峡谷，景色美不胜收。伯爵的花园布局十分简洁，一望便知不是出自高明的园艺家之手，而是出自一颗渴望独享寂静而敏感的心。在破败不堪的小亭里，看着眼前荒芜的花园，追忆它已故的主人，我不禁潸然泪下。这个小亭是他生前最喜欢的地方，如今则令我流连忘返，而不久之后，我也将成为这座花园的主人。

我到这儿才没几天的时间，看守园子的人已经对我产生了好感，我想我搬进去后也不会亏待了他。

五月十日

一种奇妙的欢愉充溢着我的心灵，让我感觉甜蜜得就像陶醉在春天清爽的早晨。这里仿佛是专为有着与我同样心境的人创造的，我身陷其中，独自享受着生的乐趣。我是多么的幸福啊！

我完全沉湎于宁静生活的感受中，根本无心作画，哪怕一笔也不行，以至于荒废了我的艺术事业；然而现在的我，却比任何时候更配得上被称做一个伟大的画家。每当那可爱的峡谷一片云蒸霞蔚，明亮的太阳悬挂在树梢，将万丈光芒照射进幽暗的密林深处时，在水花飞溅的山泉畔，我躺卧在茂密的绿草丛中，细心地观察着大地上的千百种小草，感觉到叶茎之间那个熙熙攘攘的小小世界——数不尽、道不明的形形色色小虫子、小飞蛾——与我的心贴得更近了。于是，我感受到创造人类的全能上帝的存在，感受到将人类托付于永恒欢乐海洋的博爱天父的气息。

然后，当我的视线变得朦胧，周围的世界和天空就像我爱人的形影一样安静地停泊在我心中时，我常常会有一种急切的渴望：如果我能将一切重现，把那些栩栩如生地、温暖地活在我心中的形象，一口气吹到画布上，使它成为我灵魂的镜子，就如同我的灵魂是无所不在的上帝的镜子一样，那该有多好！然而，假如我真的这么做，一定会招来毁灭。那壮丽的大自然啊，我将在它的威力下命断魂销！

五月十二日

不知是我富于幻想，还是附近有顽皮的精灵，我总是感觉周围的一切如同伊甸园般美妙。

距离城外不远处有一口井，我像美人鱼美露西娜①和她的姐妹一样，深深地迷恋上它。在一座小山丘脚下，经过一个凉棚，再走下二十级台阶，便可以看见大理石岩缝中涌出的一泓清澈泉水。那绕井而筑的矮墙、枝叶浓荫的大树、空气中弥漫着的清凉，一切的一切都有一股诱人的力量，令人怦然心动。

城里的姑娘们时常到这里来打水，这是她们最平常且必须干的活，古时候就连公主们也要做这样的事。每当我坐在井泉边，总是浮想联翩，眼前鲜活地显现出古代社会的各种景象，仿佛看见他们欢聚在这里，或者会友，或者联姻，无数善良的精灵在周围翩翩飞舞……啊，如果谁没有同样的感受，谁就不曾在夏日的长途跋涉

后，畅饮过沁人心脾的甘泉。

①美露西娜，法国民间传说中的美人鱼，后来流传到德国，收录在
　民间故事中。

五月十三日

　　你问我是否需要寄书给我？我的朋友，看在上帝份儿上，恳求你
别让它们来烦扰我。我的心已经够不平静的了，不需要再受到鼓舞
和激励。我只需要催眠曲，而荷马①的《奥德赛》就是我的催眠
曲，为了让沸腾的血液冷却，我常常轻声哼唱这支曲子。

　　我的挚友，这世上没有什么东西像我的心一样反复无常、变化
莫测。你不是已无数次见过我倏忽从忧郁变为喜悦、从伤感变为兴
奋，因而为我感到担忧吗？我自己也把这颗心当做生病的孩子一样
呵护，总是对他有求必应。

①荷马，公元前八世纪左右的盲诗人，着有《伊利亚特》、《奥德
　赛》，合称"荷马史诗"。

五月十五日

　　周围的村民们已经认识并喜欢上我了，特别是那些孩子们。刚
开始的时候，我主动去接近他们，友好地与他们攀谈，有几个人却
以为我是拿他们寻开心，态度很粗暴，但我并不生气。

　　不过，自从来到这里，我对一种社会现象倒有了切身的体会，
那就是一些有地位的人总是对平民摆出冷淡疏远的态度，似乎接近
平民会损害他们什么。而他们之中有些轻薄的人，表面上装出一副
屈尊俯就的模样，骨子里却想着让平民们尝尝他傲慢的滋味。

　　我清楚自己与他们不是同一类人，而且也不可能是。在我看
来，如果有人认为远离所谓的下等人才能保持尊严，那他和惧怕失

败而逃避的懦夫一样可耻。

前不久，我在井泉旁遇见一个年轻的女仆，当时她正把装满清亮泉水的水瓮放在最低一级的台阶上，然后东瞅西望，等着同伴来帮她把水瓮顶在头上。

我走下台阶，望着她问道："需要帮助吗，姑娘？"

她顿时满脸通红，低着头小声地说："噢，谢谢您，先生！"

"别客气！"我高兴地说。

她把垫环放在头上，我帮她顶好水瓮，她道了谢，然后登上台阶去了。

五月十七日

我结识了形形色色的人，但仍然没找到可以交心的朋友。我不清楚自己有什么吸引人的魅力，可以让那么多人喜欢我，愿意与我亲近。然而，正因为如此，我又为只能和他们同行一小段人生路而感到难过。

你问这里的人怎么样？我只能告诉你，他们和别地方的人一样，人类不都是一个模子铸出来的吗？为了生活，大多数人不得不在忙碌中度过大部分时间，对剩余一点难得的闲暇时光，却反而不知所措，总是想方设法地挥霍掉，这就是人类的命运啊！

当地人蛮善良的，我时常忘记自己的身份，和他们一起享受人间的欢乐，或在丰盛的宴席上开怀畅饮、纵情谈笑，或举行郊游、舞会，这些都让我的心情得以放松和舒缓。只是，偶尔我会想起还有许多才能没施展，正在发霉腐烂，从而不得不小心翼翼地把它们收藏起来。每当想到这一点，我的心就会一阵痉挛，但我对此毫无办法。无人理解且被人误解，这便是我这种人的命运！

噢，我的爱人永远地走了，安息在仁慈的上帝怀抱！每当想起她，我就不禁泪流满面地对自己说："你真是个傻瓜，你所追求的是人世间并不存在的东西。"可是，我确实曾经拥有过她，深切地感受过她温柔的心和伟大的灵魂。因为有她相伴，我仿佛觉得自己也更有价值，她使我成为一个最充实的人。仁慈的主啊，那时的我还有哪一种才能没有充分发挥出来呢？在她面前，我不是能够把心中各种奇异的情感全都抒发出来吗？我和她交往的情景，不就是一幅用柔情、睿智、幽默织成的美丽锦缎吗？而如今……唉，她年轻的生命先我而生，竟也先我而去！我永远不会忘记她，不会忘记她那坚定的意志与非凡的耐性。

几天前，我认识了一个名叫V的青年，V给人的印象是外表英俊、为人坦率。他刚大学毕业，尽管没有以才子自居，却总认为自己比别人的学问多。不过，根据我的观察，他的确有一定的学识，而且也挺勤奋。当他听说我会画画，还懂希腊文——在这里可算得上两大奇技——便来找我，把他渊博的学识都抖了出来，从巴托①谈到伍德②，从德·皮勒③谈到温克尔曼④，并说他已经把苏尔泽⑤的理论第一卷通读了一遍，还收藏了一部海纳⑥研究古典文学的手稿。对他所说的一切，我不置可否。

我还认识了一位很不错的人，他是侯爵任命的地方法官，为人忠厚坦诚。据说，无论什么人见到法官和他的九个孩子在一块儿的欢乐情景，都会发自内心地感到高兴，尤其对他的大女儿，人们更是赞不绝口。法官已邀请我去他家做客，我打算尽早前去拜访。他一家人住在侯爵的猎庄，离城大约一个半小时的路程，自从妻子去世之后，城里的家总让他回想起往日的美好时光，并因此陷入难以自拔的痛苦，于是侯爵请法官举家搬迁到猎庄里住。

此外，我还见识了几个行为古怪的人，他们的一举一动都让人受不了，尤其是他们对人的那股亲热劲儿。

就此搁笔，下次再聊吧。你一定喜欢这封信，它完全就是一篇写实文章。

①巴托（一七一三——一七八〇），法国美学家，法国艺术哲学的奠

基人。

②伍德（一七一六——一七七一），英国著名的荷马研究学家。

③德·皮勒（一六三五——一七〇九），法国画家，美术理论家。

④温克尔曼（一七一七——一七六八），德国考古学家，古代艺术史学家。

⑤苏尔泽（一七二〇——一七七九），瑞士美学家。

⑥海纳（一七二九——一八一二），德国古典语言学家，古希腊文学研究学家。

五月二十二日

人生如梦啊！许多人和我一样有这般的感受。

我发现，人类的创造力和洞察力常常受到制约。人类的一切活动无非是为了延续生命，除此之外毫无意义；而人们从探索的成果中获得慰藉，那也不过是梦幻者的虚妄，正如一个居于斗室的人将四壁涂抹成五彩缤纷、绚丽多姿的图画一样。威廉，这一切令我无可奈何，只好回到自己的内心深处，去寻找一个属于我的世界。在我的心灵世界里，更多的是依赖于感觉和朦胧的渴望，而不是依赖于创造性与活力。周围的一切对我来说是模糊不清的，我如同生活在梦中一般，继续对着现实的世界微笑。

那些学者们一致断定，小孩子是不知何所欲求的。不过，在我看来，岂只是孩子，成年人不是同样满世界东奔西跑，同样不知自己从哪里来、又将往哪里去，同样做起事来毫无目的，同样受饼干、蛋糕和鞭子的支配。

读了上面一段文字，我知道你会说些什么，那么，我乐于向你承认：那些能够像孩子一样懵懵懂懂地生活的人，他们是最幸福的。小孩子可以带着洋娃娃四处玩耍，把它们的衣服反反复复地脱掉、穿上；可以围着妈妈藏点心的抽屉转来转去，如愿以偿后就大吃起来，嘴里被食物塞得满满的，还嚷嚷着"还要，还要！"像这

样的人才是幸福的。另外还有一种人，他们对自己的无聊行径和欲望加以漂亮的粉饰，美其名曰为人类造福，他们也是幸福的——愿上帝赐福给这样的人吧！

面对这一切，假如人们采取宽容的态度，将会有怎样的结果呢？在这个世界上，如果每一个丰衣足食的平民都循规蹈矩地生活，将自己的小花园变成人间天堂，而不幸的人也甘愿承受重负，继续艰难地走在自己的人生道路上，那么，人们就能心安理得地生活，创造一个属于自己的心灵世界，并为自己身为一个人而感到无比幸福。这样，尽管人们在现实中处处受到限制，但心灵却永远是自由的，只要愿意，随时都有权利选择离开这座人间监狱。

五月二十六日

对我来说，只要有个安静的角落就满足了，只要一间简简单单的小屋，其他条件概不讲究。在这里，我也发现了这么一个吸引我的地方，它的名字叫瓦尔海姆。

瓦尔海姆离城约一小时路程，坐落在一个小山冈旁，景色优美，令人陶醉。山冈上植被茂密，绿树葱茏，山冈下溪流潺潺，清澈明亮，欢快地流向远方。沿着山冈上的小路往村里走，整个山谷便尽收眼底。我真的喜欢上瓦尔海姆，这个美丽的小山村。

我的房东是一位上了年纪的妇人，为人殷勤豁达，时常请我喝葡萄酒、啤酒和咖啡。不过，这里最令我满意的，是挺立在教堂前两株高大的菩提树，枝繁叶茂，绿荫映罩，四周点缀着农家的房舍、仓库和院子，以及错落有致的农田。一切是那么幽静、安详，我常把桌椅搬到菩提树下，悠闲地喝咖啡、读荷马。

一个风和日丽的午后，我第一次来到菩提树下。人们都到农地干活去了，这里显得异常安静，只有一个约莫四岁的小男孩盘腿席地而坐，怀中还搂着一个半岁左右的婴儿。小男孩静静地坐在绿荫下，一对黑眼睛活泼地瞅来瞅去，小弟弟乖乖地躺在他的双腿上，

正自得其乐地吮着手指。我被眼前的情景深深地迷住了，便坐在他们对面的一张犁头上，兴致勃勃地画起来。一小时后，我便完成一幅布局完美、构图有趣的素描，完全用写实的手法，没有掺杂一丁点儿个人的思想。画中，小哥儿俩安静地待在一起，身后是篱笆、仓门以及几个破车轱辘。

这次经历和感受，增强了我今后皈依自然的决心。只有自然，才是无穷丰富的；只有自然，才能造就真正伟大的艺术家。

诚然，一个按规矩培养出来的画家，绝不至于画出拙劣乏味的作品，就像守法谨慎的市民，绝不至于成为一个讨厌的邻居或恶棍一样。但是，从另一个角度来看，所有的这些清规戒律，都会破坏我们对自然的真实感受和真实表现。或许你会说："规则只是起着节制和剔除枝蔓的作用，并不会对我们有如此大的影响。"那么，我的朋友，我给你打个比方，你就会看清一切的。比如谈恋爱，一个青年倾心于一个姑娘，整天和她厮守在一起，耗尽全部精力和财产，只是为了时时刻刻向她表达爱情，表达他的一片挚诚。可是，有一个庸人却对青年说："小伙子呀，恋爱是人之常情，没有必要如此天天守候，你应该像大多数人一样爱得有分寸。你要好好地分配一下时间，一部分用于工作，休息的时候才去陪伴爱人。你还要好好地安排自己的财产，首先满足生活所必需的，剩余的钱才可以用来买礼物送她，不过也别经常这么做，在她过生日或命名日的时候送送就行了。"如果青年听从这些忠告，社会便多了一位有为青年，我也乐于向任何一位侯爵举荐他做幕僚；可是他的爱情却完了，假如他是个艺术家，他的艺术也彻底完蛋了。

亲爱的朋友啊，天才的洪流为什么难以汹涌澎湃、奔腾不息，掀起惊涛骇浪的狂潮？那是因为在洪流的两岸，住着一些因循守旧、安于现状的人，他们担心自己的庭院、花园、苗圃被洪水冲毁，已经及时筑起了堤坝、挖好了沟壑，阻断了一切潮流。

五月二十七日

瞧，我只顾发表议论，竟然忘了告诉你那两个孩子后来的情况。

傍晚的时候，一个青年妇女向我们走来，手腕上挎着个篮子，老远就嚷着："菲利普斯，我的乖孩子。"她走近我们，向我问了声好，随后走到孩子们身边。原来是孩子的妈妈。她一边把半个面包拿给大孩子，一边抱起小婴儿，满怀母爱地亲吻着。

"我让菲利普斯带着小弟弟汉斯，"她说，"老大则跟我一起进城买面包、糖和煮粥的砂锅去了。"在掀开了一角的提篮里，我看见了那些东西。接着，她又说："我打算晚上给汉斯煮点粥。我的老大是个淘气鬼，昨天跟菲利普斯争粥吃，把锅给砸烂了。"

我问她老大在什么地方，她告诉我在草地上放鹅。话音刚落，老大已一蹦一跳地跑过来，给了菲利普斯一根榛树鞭子。

我继续和孩子们的妈妈闲聊，得知她是一位教师的女儿，丈夫因为继承一位堂兄的遗产，到瑞士去了。"人家想骗他，"她说，"连信都不回，只好亲自跑一趟。唉，他一点消息都没有，但愿别出什么事。"

听了青年妇女讲述她的丈夫和家事，我的心情颇为沉重。离开前，我给孩子们一人一枚硬币，也给了她一枚，让她下次进城时买个白面包回来，给最小的孩子吃。随后，我们便道别了。

我的朋友，每当我心烦意乱的时候，只要遇见这样平和善良的人，便可以安定下来。这样的人往往对生活奢求不多，能够接受命运的安排，过一天算一天，看见叶落时只会想到"冬天快来了"，而不会产生别的思虑。

从那以后，我时常来到菩提树下。孩子们都和我混熟了，在我喝咖啡时，他们会得到糖吃，傍晚时分，还与我一块分享奶油面包和酸酪乳。每逢礼拜天，我总是给他们一人一枚硬币，即使做完弥撒我没有及时回家，也会请房东太太代为分发。

孩子们都信赖我，什么话都愿意对我说。每当有更多的孩子聚到我这儿来，玩得兴高采烈，表露他们心底藏着的各种愿望时，我更是感到无比快乐。

五月三十日

我在前不久的信中谈到关于绘画的想法，显然也适用于写诗，因为诗人所要做的是发现美好的事物，并毫无保留地表达出来。今天我见到了一个情景，只要照实写出来，就是一首田园诗。然而，诗词也罢，歌赋也罢，绘画也罢，和我们亲身经历的各种自然情景比起来，实在是显得苍白无力。

我之所以这么大发感慨，仅仅是因为一个青年农民。故事发生在瓦尔海姆——又是在瓦尔海姆——这里的稀奇事可谓层出不穷。不过，我可能仍然像往常一样讲述得不怎么好，而你大概也会像往常一样认为我是夸大其词。

教堂的菩提树下，一群人聚在一起喝咖啡、聊天，我不太喜欢这些人，便找了个借口坐到另一边。

这时，一个年轻人从旁边的农舍走出来，开始修理我曾经画过的那张犁。他的外表给我的印象不错，于是我上前主动和他搭话，不一会儿，我们已熟悉起来，而且无话不谈。年轻人告诉我，他在一位寡妇家里干木匠活儿，女主人待他非常好。一提起女主人，他变得滔滔不绝起来，满脸赞赏之色，一眼就看出他已经为她倾倒。他说，她已不算太年轻，由于受过已故丈夫的虐待，不准备再结婚了。从他的言语中我明显地感觉到，在他眼里她是那样的美、那样的动人，他多么希望她能爱上他，让他有机会为她抚平心灵的创伤。

要想准确地描述出他的倾慕、痴情与挚诚，似乎只有逐字逐句地重复他的话，同时，还必须具备最伟大的诗人天赋，才能形象地描述出他那动人的神情、悦耳的嗓音、火热的目光。不！我想，没有任何语言可以表现出那整个内心与外表所蕴藏的柔情，即使我复述他的话，也会使一切变得淡而无味。最令我感动的是，他十分担心我会对他们之间的关系产生不好的想法，怀疑她的品行。

当他讲到她的容貌，讲到她那已不再有青春魅力、却强烈地吸引着他的身段时，神情更是感人，我唯有在心灵深处重温旧梦，才能真正体会。如此纯洁的爱恋，如此纯洁的渴慕，我一生中从未见过，甚至也不曾想过、不曾梦见过。每当我回忆起这个纯真无邪的恋人时，不由得热血沸腾，眼前总是浮现出一个忠贞而又妩媚的情影，我仿佛也跟着他害起折磨人的相思。威廉，读了这段文字，请别笑话我哟。

我多么渴望马上见到她啊，可转念一想，还是避免见到的好，透过她情人的眼睛去看她，岂不是更好？假如她真的来到我面前，也许并非我想象中的模样，我又何必去破坏这美丽的形象呢？

六月十六日

为什么那么久不给你写信？

噢，你变成老学究了吗，竟然提这样的问题？你应该猜到……我过得很好，好得简直……干脆告诉你吧，我认识了一个人，她已经使我心无旁骛了。

这最可爱的人儿啊！要把认识她的经过有条不紊地告诉你，对我来说真是困难，因为现在的我快乐而幸福，不是一个好小说家了。

她是个天使！谁都这么称呼自己的心上人，不是吗？我无法告诉你她有多么完美，现在她完全俘虏了我的心。

她是那么聪慧，又那么单纯；是那么坚毅，又那么善良；是那么殷勤，又那么娴静……

我说的这些全是废话，空洞无物，俗不可耐，丝毫没有描述出真实的她。等下次吧，下次……不，我现在就对你讲，否则永远没

有时间讲了。坦白告诉你，在写这封信的时候，我已经三次差点扔下笔，骑马去她那儿了。不过，我早上已发过誓，今天不去看她，只是仍不时跑到窗前，看太阳还有多高，她是不是……

上帝啊，我到底没能克制住自己，非去她那儿不可。现在我回来了，一边吃着夜宵——奶油面包，一边继续给你写信。威廉呀，当我看见她在一群活泼的孩子——她的八个弟妹——中间的时候，我的心是何等欣喜啊。

假如我继续这么写下去，到最后你也是一头雾水，摸不着头脑的。好吧，我要强迫自己冷静一点，把一切详详细细地告诉你。

我告诉过你，不久前我认识了一位法官S先生，他曾邀请我去他家做客，我却把这件事拖了下来。要不是一个偶然的机会，让我发现了那深藏在幽谷中的珍宝，说不定我永远也不会去的。

这里的年轻人要在乡下办一场舞会，我也欣然前往，并已答应了一位小姐的邀请。我们商定由我雇一辆马车，带我这位舞伴和她表姐一起出城去聚会的地方，顺道接一下S家的夏绿蒂。

"您将认识一位很漂亮的小姐。"当马车穿越砍伐过的森林，向着猎庄驶去的时候，我的舞伴说道。

"您得当心，"她的表姐说，"可别迷上她啊。"

"为什么？"我问。

"她已经订婚了。"我的舞伴回答，"他是一个挺不错的年轻人，不过现在不在，他的父亲刚去世，他去料理后事了，顺便谋个体面的职务。"

这些消息对我来说是无所谓的，与我毫不相干。

到达猎庄的时候，太阳就快下山了，但我们仍然觉得挺闷热的。天边飘浮着灰白色的云朵，小姐们担心要下暴雨，那可就大煞风景了。我不断地安慰她们，要她们尽管放心去参加舞会，好像自己精通气象学似的，其实我心里也认为今天的舞会要扫兴了。

马车在大门口停下来，我下了车，一名女仆请我们稍等一会儿，说小姐马上就来。我走进大门，穿过院子，向那栋精致考究的房子踱去。屋子里传来唧唧喳喳的声音，仿佛里面有不少人。我上了台阶，就在即将跨进门的那一刻，一幕我从未见过、最动人的情景映入了眼帘。在前厅里，八个年龄在两岁到十一岁之间的孩子，围绕着一个年轻的姑娘，孩子们全都高举着小手，急切地盼望得到自己的那块面包。那位姑娘穿着雅致的洁白裙子，胸前系着红色的蝴蝶结，容貌娟秀，身材姣美。她手里拿着黑面包，正按照弟妹们不同的年龄和胃口，把它切成大小不等的块状，然后分给每个孩子。在做这些事的时候，她的神态显得那么慈爱。孩子们得到面包后，一边津津有味地吃，一边往大门口方向去，有的飞快地跑，有的慢吞吞地走，他们想看看有些什么样的客人，看看夏绿蒂姐姐将要坐什么样的马车出门。

夏绿蒂看到我，微笑着走过来，说："请原谅，劳驾您进来，也让小姐们久等了。"

"没关系，夏绿蒂小姐。请允许我冒昧地向您介绍我自己，大家都称呼我维特。"

"您好，维特先生，很高兴认识您。"夏绿蒂问候道，声音温柔动听。她接着解释说："因为要去参加舞会，我忙着换衣服、安排今晚不在家时要做的一些事情，结果忘了给孩子们吃晚餐。他们可是除我以外谁切的面包也不肯吃的啊。"

"孩子们真可爱。"我由衷地说。不过，我心里还有句话没有说出来：比孩子们更可爱的是他们的姐姐。

"对不起，请稍等一下，我去拿些东西。"夏绿蒂说，然后就跑进屋子去了。

上帝啊，我的整个心灵都被夏绿蒂美好的样貌、动听的声音、高雅的举止给占据了，直到她跑开，从我的视线里消失，我才从惊喜与庆幸中回过神来。

小家伙们站在大门口，远远地瞅着我，我朝年龄最小、模样也

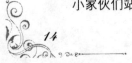

最漂亮的孩子走去，但他却想避开我。

"路易斯，跟这位哥哥握握手。"夏绿蒂正好出来了，手里拿着手套和扇子。

小男孩这才大方地把手伸给我。我情不自禁地搂住他，热烈地吻了他的小脸蛋，尽管他的小鼻头上挂着鼻涕。

"哥哥？"我问道，"您真的认为我有福分做您的亲戚吗？"

"噢，"她嫣然一笑，"我们的表兄弟可多了，但愿您不是其中很讨厌的一个。"

临走的时候，夏绿蒂嘱咐年龄最大的妹妹苏菲——一个大约十一岁的小女孩儿，要她照顾好弟妹，并在爸爸骑马回来时向他问安。她又叮咛小家伙们要听苏菲的话，把苏菲当成她一样。几个孩子答应要听话，只有一个六岁左右、满头金发的小机灵鬼却嚷嚷道："苏菲不是你，夏绿蒂姐姐，我们更喜欢你。"

这时，最大的两个男孩爬上了马车，夏绿蒂不允许他们跟着，要他们下车。两个孩子用求助的眼光望着我，看他们那副可怜的模样，我实在于心不忍，便代为求情，夏绿蒂这才同意他们坐到林子边，条件是保证不打不闹。

我们刚在马车上坐定，小姐们便兴致勃勃地聊起来，评价彼此的穿着打扮，特别是帽子，还对即将举行的舞会议论了一番。正在兴头上，马车已到达森林边。夏绿蒂招呼停车，让两个弟弟下车，他们却要求亲亲她的手再下去，夏绿蒂愉快地满足了他们的要求。在吻姐姐的手时，大的那个表现得彬彬有礼，小的那个则显得毛毛躁躁。他们俩下车后，夏绿蒂要他们代她问候弟妹们，随后马车继续前行。

表姐问："夏绿蒂，最近寄给你的那本书读完了吗？"

"没有，"夏绿蒂说，"我不喜欢这本书，可以还给您了，上次那本要好看些。"

我问是什么书，夏绿蒂告诉了我，令我大吃一惊……①难怪她

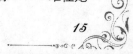

的谈吐不凡，那么富有个性，每听她说一句话，我都会从她的脸庞上发现新的魅力、新的光辉。渐渐的，我们的交谈更为融洽，她的脸庞似乎也更加愉快和舒展了，因为她感觉到我能了解她。

"在我年纪还小的时候，"夏绿蒂说，"我不喜欢读别的书，就爱看小说。还记得有一个礼拜天，我独自躲在一个地方，整个身心都沉浸在燕妮姑娘②的喜怒哀乐中，只有上帝知道我当时是多么幸福！我承认，这类书现在对我仍然具有某种吸引力。不过，现在我读书的时间很少，既然如此，那我所阅读的书就必须十分符合我的口味。我最喜欢的作家能够让我发现我的内心世界，他所写的仿佛就是我自己，使我感到有趣、亲切，就像我每天的平常生活；尽管没有天堂那么美妙，但看起来却是一种不可言喻的幸福源泉。"

听了这番议论，我万分激动，但仍努力地控制住情绪，没有像往常一样畅所欲言。不过我并没有坚持多久，因为夏绿蒂很快就谈到了《威克菲牧师传》③以及……④竟是那么富有真知灼见！我完全忘乎所以，开始长篇大论地谈起来，把所知道的以及我的观点全都讲了出来，直到夏绿蒂转过头去和两位姑娘搭讪，我才发现她们俩被冷落在一旁，连句话都插不上。

尽管舞伴的表姐不止一次对我做出嗤之以鼻的样子，我也全然不在乎，我们的话题又转到跳舞的乐趣上。

夏绿蒂说："我乐于向你们承认，我不知道还有什么比跳舞更快乐的事了，即使这种爱好在别人看来是个缺点。当我心情不好的时候，只要在我那架破钢琴上弹一支英国乡村舞曲，一切就都忘了。"

谈话间，我尽情地欣赏她那黑色的明亮眼眸，而那活泼伶俐的小嘴和鲜艳爽朗的脸庞，早已摄走了我的魂魄。她非凡的谈吐完全迷醉了我，到后来我已不知她在说些什么了。威廉，你是那么了解我，该想象得出当时的情形。当马车平稳地停在聚会的别墅前，我像个梦游者似的走下车来，神魂颠倒，周围朦胧的世界已不复存

在，就连从灯火辉煌的大厅飘来的阵阵乐声，我也充耳不闻。

两位先生，奥德兰和某某（谁记得清那一长串名字啊），一位是表姐的舞伴，一位是夏绿蒂的舞伴，赶到马车旁迎接我们，然后各自挽着舞伴朝大厅走去。

在舞池中，人们成双成对地旋转着，跳起法国小步舞。我依次和小姐们跳舞，但最令我讨厌的偏偏最不肯放我走。后来，夏绿蒂和他的舞伴跳起了英国乡村舞，在轮到我们交叉跳舞的一刹那，我心里的感觉是何等甜蜜啊。看夏绿蒂跳舞真叫人大饱眼福。你瞧，她跳得那么专注，那么忘我，身体和谐之至。她是那么无忧无虑、无拘无束，仿佛跳舞就是一切，除此便无所欲求。此刻，整个世界都在她眼前消失了。

我邀请夏绿蒂跳第二轮英国乡村舞，她答应陪我跳第三轮，同时以世间最可爱的率真态度对我说，她太喜欢华尔兹了。

"从您刚才跳英国乡村舞看得出，您的华尔兹也一定跳得不错。"夏绿蒂说，"跳华尔兹时，这里流行和自己原配的舞伴共舞，只是我的舞伴华尔兹跳得太糟，他倒是非常希望我能另找一个舞伴；您舞伴的华尔兹跳得也不怎么好，要是您愿意与我共舞的话，那您就去请求我的舞伴同意，我也去找您的舞伴说说。"

听完她的一席话，我激动地握了一下她的手。事情很快就谈妥了，在我和夏绿蒂跳华尔兹时，她的舞伴陪着我的舞伴聊天。

美妙的华尔兹乐曲响起了！我和夏绿蒂以各种姿式尽情地舞着，感觉十分开心，瞧她跳得多妩媚、多轻盈啊。当时，华尔兹刚开始流行，它要求舞伴转起圈来像流星一样快，真正会跳的人很少，所以，一开始舞池里就显得有点乱糟糟的。我和夏绿蒂机敏地先在舞池边跳，等那些笨蛋们跳够了、退了场，才转到舞池中间去，和奥德兰那一对一起大显身手。

我从来没有跳得如此轻快过，简直是飘飘欲仙了，手臂搂着一个无比可爱的人儿，带着她如清风似的飞旋，周围的一切都消失

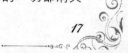

了……此时此刻，我敢发誓，我宁可粉身碎骨，也绝不让这个我心爱并渴望占有的女孩，在和我共舞之后，再去和任何人跳舞。威廉啊，你理解我吗？

几圈舞之后，我们停下来休息。夏绿蒂坐在桌旁，很高兴地吃着我特意摆放的、所剩不多的几个橘子。只是每当她递一瓣给身旁的姑娘，而那姑娘也不客气地接过去时，我的心就像被剑刺了一下。

第三轮英国乡村舞开始了。我勾着夏绿蒂的手臂，注视她那洋溢着无比欢愉、纯洁无瑕的眼睛。我们跳着从行列中穿过，只有上帝知道我是多么快活。不知不觉中，我们跳到一位夫人面前，她虽已不年轻，然而风韵犹存。只见她微笑地睃着夏绿蒂，举起一个手指来，像在发出警告似的，然后，在我们擦过她身旁时，意味深长地两次提及阿尔伯特这个名字。

"我想很冒昧地问一下，谁是阿尔伯特？"我对夏绿蒂说。

她正待回答，我们却不得不分开，以便做八字形交叉。在夏绿蒂和我擦身而过的一瞬间，我仿佛从她脸上看见了一丝疑云。

"有什么不能告诉您的呢？"她一边伸过手来让我牵着徐徐向前走，一边说道，"阿尔伯特是个好人，我们可以说已经订婚了。"

应该说，这对我本不是什么新闻，姑娘们在路上已经告诉我了。可是，经过这段美好的时光，夏绿蒂对我来说已是十分珍贵，此刻提到这件事，顿时令我心烦意乱，手脚无措，竟然窜进别的对儿中，把整个队伍搅得乱七八糟，害夏绿蒂费了很大的劲才恢复了秩序。

舞会还在进行中，忽然天边电光闪闪，隆隆雷声盖过了音乐，三个正在跳舞的姑娘吓得逃出行列，她们的舞伴尾随其后，秩序顿时大乱，音乐伴奏也只好停了下来。毫无疑问，人在纵情欢乐之际突然遭遇不测与惊吓，那印象肯定比平常来得更强烈和鲜明。因

为，一方面，两相对照反差太大；另一方面，我们的感官本已处于
亢奋状态，能够更快地接受某种印象。姑娘们都吓得变了脸色，其
中一个姑娘躲在屋角，背朝窗户，手捂着耳朵；另一个跪在她面
前，脑袋埋在她怀中；第三个则挤在她们两人中间，搂着女友，早
已泪流满面。有的姑娘要求回家，有的不知所措，连驾驭那些年轻
追求者的心力都没有了，只知道战战兢兢地祈求上帝，结果让小伙
子们有机可乘，放肆地亲吻美丽的受难者，代替上帝接受祷告。

　　除了几位胆子较大的先生在屋外抽烟，其余的人都赞成别墅女
主人的提议，聚集到一间有百叶窗和帘幔的屋子里做游戏。刚一进
门，夏绿蒂便忙着把椅子排成一个圆圈，大家按照她的要求坐好，
然后她便开始讲解游戏规则。我瞧见几个小伙子已经嘟起了嘴唇，
跃跃欲试，盼望着领取胜利者的奖赏了。

　　"喏，我们今天玩数字游戏。"夏绿蒂说，"注意！我在圆圈
里从右向左走，你们则轮流报数，从一开始，一直到一千，每个人
要报出轮到他的那个数，而且速度必须要快，谁要是结巴或报错
了，就吃一记耳光。"

　　这下子热闹了！只见夏绿蒂伸出胳膊，在圆圈里走动起来，第
一个人开始数一，第二个数二，第二个数二，依次类推。随后，夏
绿蒂越走越快、越走越快，这时有人数错了，"啪"就是一记耳
光，旁边的人忍俊不禁，"啪"又是一记耳光。夏绿蒂的速度更加
快起来，我也挨了两记耳光，不过令我感到高兴的是，我相信自己
挨的耳光比其他人的都要重些。

　　还没等数到一千，大家已经笑成一团，游戏再也玩不下去了。
这时暴风雨也已过去，好朋友们三三两两地聚在一起，我和夏绿蒂
也回到了大厅。在半路上，夏绿蒂对我说：

　　"他们吃了耳光，倒把打雷下雨的事全都忘了。"

　　远方传来滚滚雷声，春雨打在泥地里，空气中弥漫着扑鼻的芳
香，沁人心脾。

"其实，我也是胆子最小的人，"她接着说，"但是我鼓起勇气来给别人壮胆，自己也就有胆量了。"

我们踱到窗前。夏绿蒂用手肘支在窗台上，目光凝视着远方，不知她在想些什么。窗外青山苍茫，烟雨蒙蒙。夏绿蒂一会儿仰望天空，一会儿看看我，眼里满含泪水。她把手轻轻地放在我的手上，叹息道：

"克罗卜斯托克⑤啊！"

此时此刻，她心中正萦绕着那首壮丽的颂歌——伟大诗人的《春祭颂歌》！我不禁激动万分，情感的潮流顿时汹涌澎湃起来。上帝啊，夏绿蒂只需轻轻的一声叹息，便打开了我感情的闸门！我再也无法控制自己，把头俯在她的手上，热烈地亲吻着，欢愉之泪夺眶而出，然后深情地仰望她那美丽的双眼。克罗卜斯托克，高贵的诗人啊，要是你能看到在她的目光中你是多么神圣，那该多好啊！从今以后，我再也不愿听见有人亵渎你的名字。

①为了避免惹出麻烦，编者在此删去了一段。尽管实际上，任何作家都不会在乎夏绿蒂和维特对他是如何评价的。（作者注）

②燕妮姑娘，当时流行的一部伤感小说的女主角。

③《威克菲牧师传》（一七六六），英国著名作家哥尔密（一七二八——一七七四）的小说，歌颂淳朴自然的田园生活，在当时的德国颇受欢迎。

④此处删去了几位德国作家的名字，因为究竟是哪位作家得到夏绿蒂的赏识，他自己读读这段文字就清楚了，而其他人则无须知道。（作者注）

⑤克罗卜斯托克（一七二四——一八〇三），歌德之前最杰出的德国抒情诗人。

六月十九日

我已记不起前一次写到哪儿了，只知道停下笔来上床睡觉时，已是午夜两点。不过，假如我们是面对面地促膝长谈而不是写信的话，说不定我会要你陪着聊到天明。

我没有告诉你舞会归来途中所发生的事，今天也仍然不是告诉你的时候——等等吧，我会告诉你的。

那天，当我们踏上归途的时候，正是旭日东升的壮丽时刻，彩霞映红了天际。马车行驶在林间小路上，万籁俱寂，草叶上挂满露珠，田野一片青翠。我们的两个女伴打起盹来，夏绿蒂关切地问我是否需要小睡一会儿，并请我不用为她操心。

"只要你的双眼睁着，"我目不转睛地望着她说道，"我就不会感到困倦。"

我们就这样相守着，一直到猎庄的大门口。女仆一边轻轻地为她开门，一边回答她的询问，告诉夏绿蒂她父亲和弟妹们都很好，现在还在睡觉。临别的时候，我请求她允许我当天再去看望她，她同意了。后来我去了，再次见了我一刻也不愿离开的人儿。

从此以后，无论日月星辰如何升起和落下，我再也分不清白天和黑夜，整个世界从我的视线中消失了，我的眼中只有她的情影。

六月二十一日

这段时间，我过着极其幸福快乐的日子，我想，上帝能够给予他圣徒们的日子也不过如此吧？不管将来如何，我都不会再抱怨我没有享受过欢乐、没有享受过最纯净的生之乐趣。

我已在瓦尔海姆定居下来了，距夏绿蒂的家只有半小时路程。只有在这儿，我才能充分感觉到自我的存在，以及作为一个人所能享有的全部幸福。过去，我也曾散步到瓦尔海姆，可从未想到它距离天堂竟然那么近！那时，我在野外漫步，从山冈上，从河岸的原野上，曾无数次地眺望过猎庄，那时它与我毫无关联，如今却珍藏

着我全部的爱恋。

我时常思索人们期盼游历大千世界、寻求新奇事物、实现自我发展的欲望，也曾深入地思考过人们甘心忍受束缚、安于现状、冷漠无情的本能，可奇怪的是，我弄不明白，究竟是一种什么力量牵引着我登上小山岗，眺望那道美丽的峡谷？为什么猎庄周围的景色竟是那么强烈地吸引着我？那里有一片小小的树林，夏绿蒂，你要是正在那片树林中该有多好；那里有一座高高的山峰，你要是正从峰顶俯瞰辽阔的原野该有多好；那里有连绵不尽的丘陵，你要是正徜徉其间该有多好。每次我满怀希望地匆匆而去，却都失望而返，始终寻觅不到我心中的美丽身影。

啊，对远方的希冀犹如对未来的憧憬！它那朦胧的影像充满无限的诱惑力，静静地伫立在我们的灵魂面前，使我们的感觉和视觉都变得迷茫。然而，我们仍然渴望，渴望着新奇的东西充溢我们的心，渴望着伟大而神圣的感情，渴望着献出我们的生命。可是，当异乡就在脚下，当未来成为今天，一切依旧如故，我们发现自己依然平庸，依然浅薄，灵魂依然焦渴难耐。于是，远方的游子又会思恋起自己的故乡，只有在妻子儿女围绕着的温馨家园里，在为生活而忙碌的操劳中，才能寻找到在大千世界中不曾觅得的欢乐。

清晨，当太阳升起的时候，我到菜园里摘豌豆荚，一边撕去豆荚上的筋，一边读我的荷马。然后回到厨房，将豆荚和奶油倒进锅里一起炖煮，盖上锅盖，继续读我的荷马，时不时地搅动一下锅里的豆荚。当时，我正读到《奥德赛》中珀涅罗珀①那些高傲的求婚者们在屠牛宰猪、剔骨烹肉那一段，和我正在做的事两相对照，书中的情景便栩栩如生地出现在我眼前。这一切深深地感动了我，没想到远古社会的生活，竟如此自然地与我的生活交融在一起，还有什么比这更让我感到充实的呢？

当我把亲手栽种的蔬菜端上餐桌时，我的心快乐无比，感受到一种纯粹的欢乐。此刻，摆放在我面前的可不仅仅是一盘菜啊，那

播撒种子的美丽清晨，那洒水浇灌的可爱黄昏，所有那些盼望它生根发芽、开花结果的美好时光，都在这一瞬间重现了。

①珀涅罗珀，荷马史诗《奥德赛》中男主角奥德修斯的妻子，她聪明美丽，用计谋战胜了无耻的追求者，直到丈夫归来。

六月二十九日

前天，城里的一位大夫来拜访法官。大夫是个老古板，说话时不断整理着袖口上的皱褶，把玩上面的一个丝卷儿。当时，我正和夏绿蒂的弟妹们一起玩，孩子们在我的身上爬来爬去，顽皮地逗弄我，我便搔他们痒痒，乐得小家伙们大喊大叫。见此情景，大夫流露出一副不屑的表情，显然他认为我的行为有失身份。我装着没看见，又和孩子们一起去搭纸房子。大夫回到城里之后，到处说法官的孩子本来就够没教养的，现在更让维特彻底毁了。

威廉，在我看来，孩子是这个世界上最纯洁、真实的，我喜爱他们，最愿意与他们亲近。每当我仔细观察他们，从细小的事情中看到美德和才能的萌芽，从他们的执拗中看到了坚毅与刚强，从他们的任性中看到了豁达与乐观，以及轻松应付危难的本领时，就会联想到我们成年人的种种行为，不禁反复吟诵主耶稣的金玉良言："可叹啊，你们不如他们中的任何一个人。"然而，这些本应该被我们视为楷模的孩子们，却受到我们奴隶般的对待，竟不允许他们有自由意志！那么，我们凭什么该享有这个特权呢？只是因为我们年长、知晓事理一些。仁慈的上帝，我们的天父啊，你只不过把人类分为成年的孩子和年幼的孩子；而且，从你对圣子的偏爱，就已经向人类宣示了你更喜欢哪一类孩子！可是，尽管人类信奉你，却不听从你的教诲，都在按自己的方式教育自己的孩子……

再见，威廉，我不想就这个问题毫无希望地谈下去。

七月一日

夏绿蒂准备进城几天，去陪生病的M夫人。据医生说，这位贤慧的夫人很快就要离开人世了，临终之际，她希望夏绿蒂能陪在她身旁。唉，威廉，和一个在病榻上呻吟不已的人比起来，我的这颗心更是病入膏肓了。

上个礼拜天，夏绿蒂带着她的一个妹妹进山里去看望一位牧师，我陪她们一起去了。那里是一个小山区，需要一个小时路程，我们到达时已经快下午四点了。一踏进牧师的小院，映入眼帘的是两株高大的胡杨树，亭亭玉立，树枝在风中轻轻摇曳，仿佛在歌唱。牧师坐在房门前的一条长凳上，一见到夏绿蒂，善良的老人立刻精神一振，吃力地站了起来，准备上前来迎接，甚至忘了用他那根手杖。夏绿蒂赶忙跑过去，搀扶着他坐到凳子上，自己也挨着老人坐下来，然后转达了她父亲的问候，还把牧师那个邋邋淘气的宝贝儿子抱在怀中。牧师是老来得子，很疼爱且放纵自己的儿子。

老人的耳朵有些重听，必须大声说话才能听见，夏绿蒂不得不提高嗓门和他聊天。她告诉老人，有些人自以为年轻、身强力壮，不注意爱护身体，结果不知怎么就突然死了；她很高兴老人明年要去卡尔斯巴德度假，赞同洗温泉有益健康，还说牧师的气色比上次见到时好多了，精神也健旺了不少，等等。老人的兴致很高，我只不过夸赞了那两株枝叶浓密的胡桃树几句，他就滔滔不绝地讲述起它们的历史来，尽管口齿不太灵光。

"那株老树是谁栽的已不清楚了，"牧师说，"但后面那株年轻点儿的树是我岳父种的，它的年龄和我太太一样，今年十月就满五十了。巧得很，那天早晨她父亲刚把树苗种下，傍晚我太太就出生了。我岳父是这里的前任牧师，这株树对他和我都无比珍贵。二十七年前，那时我还是一个穷大学生，当我第一次踏进这座院子时，就看见一个姑娘坐在胡桃树下，手中正编织着……那个姑娘后来成了我的太太。"

后来，夏绿蒂问起牧师的女儿弗莉德里克，老人说她和施密特先生一起到草地上去了，一些工人在那边干活儿，说完又继续讲述自己的故事：前任牧师和女儿是如何看上他的、他是如何做了前任牧师的助手，以及又是如何继承了他的职位。牧师的故事不一会儿就讲完了，这时牧师的女儿和施密特先生正穿过花园向我们这边走，远远地见到夏绿蒂，弗莉德里克便快步上前来，热情地对夏绿蒂的到来表示欢迎。

弗莉德里克给我的印象不错。她有一头亚麻色的头发，体态健美，活泼可爱，和她一起住在乡下大概会很快乐。她的爱人（施密特先生就是这样自我介绍的）是个文雅而沉默的人，尽管夏绿蒂一再主动和他搭腔，他却不怎么愿意参与我们的谈话。最令人扫兴的是，从他的表情中我隐隐看出，他之所以不肯开口，多半是由于性情执拗乖僻。事实上，后来发生的事也印证了我的判断。

散步时，弗莉德里克和夏绿蒂一起边走边聊，偶尔我也会和她们走到一起，这个时候，施密特先生本来就板着的面孔会明显地变得更加阴沉。夏绿蒂也看出来了，便轻轻地扯扯我的衣袖，暗示我别对弗莉德里克太殷勤。我平生最讨厌人与人之间相互猜疑争斗，尤其是生命力正旺盛的年轻人，他们本该坦荡、豁达、快乐，却常常板起面孔，白白浪费了生命中这段不可多得的好时光，而当有一天突然醒悟的时候，才发觉青春不再，追悔莫及。

这件事让我感到很不是滋味，心里分外压抑，因此傍晚我们回到了牧师的院子，大家一边喝牛奶一边谈天说地，当话题转到人世间的欢乐与痛苦时，我终于忍不住激烈地批评起一些人乖僻的性情，一吐心中的不快。

"人啊，"我说道，"常常抱怨快乐的时候少，痛苦的时候多，但我认为这多半没有道理。只要我们心胸开阔，保持乐观的情绪，好好享受上帝赐予的每一天的欢乐，那么，我们就会有足够的勇气去承担痛苦。"

"可是，我们并不能完全控制自己的感情呀，"牧师太太说，"肉体对我们的影响太大了，一个人要是身体不舒服，随便怎么样都会感到不对劲儿的。"

我承认她说得对，然后说道：

"那么，我们就把性情乖僻也当成一种疾病，有没有什么办法可以治疗呢？"

"我是这么认为的，"夏绿蒂说，"要想治愈它，我们自己的态度至关重要，这方面我有切身体会。每当我心情烦闷的时候，我便到花园里走走，哼几首乡村舞曲，烦恼就烟消云散了。"

"这正是我想说的。"我接过话头说道，"乖僻本来就是人的一种惰性，只要我们能鼓起勇气去克服它一次，以后便会顺利地战胜它，并在这个过程中获得真正的快乐。"

弗莉德里克听得入了神，但施密特先生却反驳我说，人无法掌握自己的命运，更不要说控制自己的性情了。

"我现在说的是一种令人感到不快的性情，"我回敬说，"这种性情可是人人乐于摆脱啊！更何况，在不曾尝试之前，谁也不知道自己有多大的力量。就好像人生了病都会四处求医，再多的禁忌、再苦口的药，都不会拒绝，为的就是治愈病症，获得一个健康的身体。"我发觉诚实的老人也在努力地听我们谈话，便提高嗓音，转过脸去对着他，接着刚才的话题往下讲。"牧师们在布道时谴责过那么多种罪过，"我说，"但我却从来不曾听到哪位牧师在祭坛上谴责过坏脾气①。"

"呵呵，这事儿得由城里的牧师去做，"老人笑眯眯地说，"乡下人没有坏脾气。当然，在这儿偶尔说也无妨，至少对村长先生和夫人是有好处的。"

牧师的话把大家都逗乐了，他自己也笑得咳嗽起来，使得谈话中断了一会儿。后来，还是施密特先生先开口说道：

"您把乖僻称为罪过，我想未免太过分了吧。"

"一点儿也不过分，"我回答，"既然害人又害己，就是一种罪过。在这个世界上，难道我们不能使彼此幸福还不够，还一定要去剥夺他人心中偶尔产生的一点点快乐吗？请您告诉我，有谁性情很坏，却不会表露出来，仅仅使自己不快，却不会破坏周遭人的快乐呢？或许您会说，坏脾气不正表现了我们对自己感到不满，对自己的卑微感到懊丧，而且其中还掺杂有由愚蠢的虚荣刺激起来的嫉妒吗？要知道，看见一些幸福的人而他们的幸福并不仰赖于我们，心里是够难受的。"

见我们争论得这么激烈，夏绿蒂对我微微一笑，弗莉德里克则眼里满含泪水，这让我讲得更起劲了：

"有一种人，他们利用自己对他人的控制力去破坏别人的快乐，这种人特别可恨。要知道，世间所有的礼物，所有的甜言蜜语，都补偿不了我们顷刻间失去的快乐，也补偿不了被嫉妒破坏了的快乐啊。"

说到这里，我感慨不已，往事一桩桩在脑海里掠过，热泪涌上眼眶，我不禁动情地大声喊道：

"我们应该每天对自己说：你对朋友只能做一件事，那就是让他们获得快乐，使他们更加幸福，并和他们分享幸福。我们还应该扪心自问：当你的朋友遭受忧愁苦闷的折磨时，你能给予他们一点点慰藉吗？

还有，当那个被你葬送了青春年华的姑娘，被可怕的疾病折磨得奄奄一息，她毫无声息地躺在床上，目光呆滞，冷汗一颗颗从额头上渗出来，那个时刻，你就会像个罪人似的站在她床前，愁容满面，完全无能为力，心中感到深深的恐惧与内疚，恨不得献出一切，只求给这个垂死的生命以生的希望。"

说着说着，同样的情景浮现在我眼前，唤醒了我尘封已久的记忆，那曾是我的亲身经历呵。我已有些不能自持，连忙掏出手帕捂住眼睛，疾步离开众人，直到夏绿蒂来告诉我该回去了，才

如梦初醒。

归途中，夏绿蒂责备我对什么事都太易激动，这样下去会毁了自己，叮嘱我要保重身体、珍惜生命——我的天使啊，为了你的缘故，我也必须活下去！

①关于这个题目，我们听拉瓦特尔②神父做过一次出色的布道，他还谈到《约拿书》③。（作者注）

②拉瓦特尔（一七四一——一八〇一），瑞士神学家和哲学家，歌德的好友。作者注文中所指的是拉瓦特尔神父《克服不满和乖僻的方法》的布道文。

③《约拿书》，见《旧约圣经》。

七月六日

夏绿蒂依然留在城里，悉心照顾着病危的女友，既体贴又温柔。威廉呀，不要说受到她的照料，就只是让她看上一眼，病人的痛苦也会减轻许多，并且感到幸福。

昨天傍晚，夏绿蒂带着妹妹玛莉安娜和玛尔馨到城外散步，我听说后赶了去。我们一块儿漫步了一个半小时，才往城里走。来到我十分珍爱的井泉边，夏绿蒂在凉棚里坐了下来。啊，如今这眼井在我心中又增加了一千倍的价值。我环顾四周，眼前浮现出我心孤寂的那段光景。"亲爱的井泉呀，"我满怀愧意地说，"我好久没有来这儿乘凉了，有时从你身边匆匆而过，竟然连看都不曾看你一眼！"凝视着夏绿蒂，我的心充满感激，上帝啊，她就是我生命的全部价值！

我往台阶下望去，只见玛尔馨小心翼翼地端着一杯泉水上来，玛莉安娜伸出手来准备接过去。

"不，不！"小姑娘甜甜地嚷起来，"我要夏绿蒂姐姐先喝！"

玛尔馨真是天真可爱，令我大为激动。我抱起小姑娘热烈地亲了几下，以表达我的感情，可没想到她竟然哭了起来。

"瞧你，闯祸喽。"夏绿蒂说。

我不知所措。

"来，玛尔馨。"夏绿蒂拉着妹妹的手走下台阶。

她们来到清澈明亮的井泉边，夏绿蒂对小妹妹说："快！赶快用干净的泉水洗一洗，这样就没事了，别担心。"

玛尔馨急急忙忙地捧起泉水，起劲地擦洗自己的小脸蛋，一副深信不疑的神情，以为用这神奇的泉水洗洗，脸上就不会长出丢人又丑陋的胡须①，尽管夏绿蒂告诉她可以了，但小姑娘仍一个劲儿地洗。我站在一旁，看着眼前的情景，羞愧难当。

威廉呵，我还从不曾怀着比这更深的虔诚参加过任何洗礼哩。当夏绿蒂上来之后，我真恨不得匍匐在她脚边，就像跪在宽恕了整个民族罪孽的先知面前一样。

晚上，由于太高兴了，我忍不住将这件事告诉了一个我认识的人，因为我认为他还算聪明，而且通晓人情，谁知却碰了一鼻子灰。他认为夏绿蒂的做法欠妥，对小孩子不能这么故弄玄虚，这会使他们产生错误的认识并滋长迷信，不应该让他们从小就受到不好的影响。听了他的话，我才想起他是一个礼拜前才受的洗礼，因此也就不以为意了。不过，我心中仍然坚信这样一个真理：我们对待孩子，应该像上帝对待我们一样，当我们沉醉在愉快的幻觉中，就是上帝赐予我们最大的幸福。

①有种迷信认为，处女被青年男子亲吻之后，嘴上会长出胡须。

七月八日

我就像个孩子，竟然如此渴望她那明眸的顾盼！我真像个孩子啊！

我们一群人相约去瓦尔海姆游玩，除了小姐们，男士们有
W·塞尔斯塔、奥德兰和我。小姐们是乘车去的，我们则步行。后
来，在草地上散步的时候，我总觉得在夏绿蒂乌黑的眸子里带着一
些……原谅我吧，我是个大傻瓜，已经方寸大乱了！威廉，你真该
瞧瞧她那双眼睛——我尽量写简洁些，我好困，眼皮都快睁不开
了——姑娘们上车后，我们围着马车，她们挑开帘子，探出头来与
送别的人闲聊，小伙子们个个快活得不得了。我极力捕捉夏绿蒂的
目光，可那双动人的眼睛却望望这个、瞧瞧那个！天啊，恳求你
了，看着我吧，看着我吧，看着我吧！我的整个身心都专注于你，
为什么要逃避我啊！马车缓缓启动了，我的心对夏绿蒂说了千百次
再见，可她竟然连看都没看我一眼！我的眼中噙满泪水，目送着马
车远去……哦，等等，她的帽子出现在车门旁，她回过头来了！上
帝啊，她的双眼是在顾盼我吗？

威廉呀，怀着这个疑虑，我到现在还感到忐忑不安，唯一可聊
以自慰的，只有在心里不断地告诉自己：她回过头来也许就是看我
吧！也许就是……

晚安！唉，我真像个孩子！

七月十日

在聚会上，每当听到人们谈起夏绿蒂，我都会变得痴痴的，你
要是看见了那模样，也一定会说我傻的。

当有人问我"是否喜欢她"的时候，我简直恨死"喜欢"这个
词了。"喜欢"？假如一个人不是用全部的感情对她充满爱慕，而
仅仅是喜欢她，那成什么了呢？哼，"喜欢"！最近又有人问我
"是否喜欢莪相①的诗"！

①莪相（Ossian），古爱尔兰说唱诗人。一七六二年，苏格兰诗
　人麦克菲森声称，他从三世纪盖尔语原文中翻译了两首莪相的诗

《芬戈尔》、《帖木拉》。这些所谓"莪相"的诗篇很快风靡欧洲。然而，这些诗部分是根据盖尔语民谣写成的，但绝大多数都是麦克菲森自己创作的。歌德当时读到的是被浪漫化了的、由麦克菲森创作的《莪相集》，而莪相的诗篇《莪相民谣集》才是真正的爱尔兰盖尔语抒情诗和叙事诗。

七月十一日

M夫人生命垂危，我为她祈祷，因为夏绿蒂感到难过，我也身受同感。我平日很少去M夫人的家，今天去的时候，夏绿蒂给我讲了一桩离奇的事。

M是个出了名的吝啬鬼，一辈子就连自己的夫人也被他克扣得够折磨，可M夫人总算是应付过来了。几天前，医生断定她已活不长了，她便请人找来自己的丈夫（当时夏绿蒂也在房间里），对他说："我必须交代清楚一件事情，不然等我死了，家里一定会出大乱子的。我操持家务三十年，凡事都勤俭节约，把一切打理得井井有条，可是，请你原谅我，我一直都在欺骗你。我们刚结婚的时候，你对家里的每月开支规定了一个小数目，当时由于家小人少，我还能应付。但后来家大业大，开销明显增大了，你却死都不肯多给每月的生活费。你记得吗？在这个家庭花费最大的时期，你只允许我每周支用七个古尔盾。接过这么一点点钱时，尽管我没有说什么，但这些钱肯定是不够的，于是我就直接从营业收入里拿了钱，以弥补不足部分。唉，谁也不会想到做太太的竟然会偷自己家的钱。不过，你尽可以放心，我拿的那些钱丝毫没有浪费，即使不向你坦白，我也问心无愧，可以安心地闭上眼睛了。我想要说的是，在我死后来操持这个家的女人并不知道我做的这些事，她用你给的那点钱是没办法应付的啊，而你却会一口咬定你的前妻都是这么对付过来的。"

我和夏绿蒂在谈论这件事的时候，都感到人心真是到了令人难

以置信的程度：明知家庭开支大了一倍，却还是心安理得地只给原来的七个古尔盾，就不去想想这必定另有原因，真是吝啬到了极点。

七月十三日

不，我不能欺骗我自己！从她那双乌黑明亮的眼睛里，我明明白白地读到了对我和我的命运的关切与怜悯，对此，我深信不疑……我感觉她……啊，我能够用这么句话来表达我的幸福吗？那就是：她爱我！

她爱我！我因此而觉得自己珍贵多了，我是多么（威廉，你能理解的，我可以告诉你）崇拜自己啊，自从她爱上了我！

这是杞人忧天吗？亦或是真的呢？我为自己在夏绿蒂心目中的地位感到担心，因为有一个我不了解、却令我担惊害怕的人存在。每当夏绿蒂谈起她的未婚夫，总是显得那么温柔、那么亲切，我沮丧得就像一个失去了荣誉和尊严的人，连自卫的能力也没有了。

七月十六日

每当我们的手指无意间相互轻触，每当我们的脚在桌子下相互轻碰，我都会热血沸腾！我想要逃避，感觉就像着火一般，然而一种神奇的力量又强烈地吸引着我……我已经意乱情迷了！

可是，夏绿蒂却是那么纯洁无邪，全然没有感到这些亲密的动作带给了我多少痛苦！特别是当我们俩促膝交谈的时候，她那可爱的小手有时轻抚着我的手，谈兴高昂时她的头更会靠近我，口中呼出的气息吹拂在我的脸上、嘴唇上，那一刻，我就像被闪电击中了般。身子往下沉，脚下却轻飘飘、软绵绵的，如履浮云，完全失去依托……威廉啊，我想入非非，什么时候我能冒险一试，登上那令人神往的天堂……你理解我的意思……噢，不，我绝不会这样做，我还没那么卑鄙！我只是太软弱，而软弱不算是卑鄙吧？

她是多么圣洁啊，一切欲念在她面前都会退却，变得沉寂无声！

每当我和她在一起，仿佛各种感官都错乱了，思想也停顿了，头脑一片空白，喜怒哀乐完全随她而改变。她喜欢一支曲子，时常用钢琴弹奏它，那美妙的音乐充满情感，如天使般动人、纯洁。每次只要她弹出第一个音符，我的一切痛苦、烦恼和非分的念头都会烟消云散。

这支她心爱的曲子令我感动不已，我不再怀疑关于音乐那古老而持久的魅力。而且，每当我被激情、痛苦折磨得喘不过气来，恨不得用子弹穿透自己头颅时，她都会弹起这支曲子，我心中浑沌的黑暗顿时消失，又见到灿烂的阳光，重新呼吸到清爽的空气。

七月十八日

威廉，假如这个世界没有爱情，还有什么意义？它等于一盏没被点亮的灯！可是，一旦我们把灯点亮，在白壁上就可以映出五彩缤纷的图画。尽管那只是稍纵即逝的影子，但只要我们像孩子一样，沉迷于它的奇妙幻景之中，就足以得到我们的幸福啊。

今天我不得不参加一个聚会，不能去看望夏绿蒂了，怎么办呢？我派了仆人去，仅仅是为了今天在自己身边有一个接近她的人！我焦急地等着仆人回来，心绪不宁地来回踱步。再见到他的时候，我真是说不出的高兴，要不是因为害臊，我真恨不得捧住他的脑袋亲亲。人们常说起电光石，说它在太阳下会吸收阳光，到了夜间依旧明亮发光，那么，我面前的这个小伙子就是我的电光石！我真切地感觉到，她的目光曾在他脸上、上衣钮扣以及领口上停留过，这些东西也因此在我的心中变得神圣而珍贵。此刻，就是给我一千银塔勒，我也不愿意交换这个小伙子。看着站在我面前的人，我的心感到分外舒畅——可别笑话我哟！威廉，告诉我，难道这一切还会是幻影吗？

七月十九日

"我将要再见到她啦！"

清晨从梦中醒来，望着初升的太阳，我兴高采烈地大声喊道："我将要再见到她啦！"仁慈的上帝啊，我生命的一切都凝聚在这个期盼中，除此我别无所求。

七月二十日

你劝我随公使到X地去，我仔细考虑了一下。你知道的，我不喜欢受人支配，加上这位公使又是众所周知令人讨厌的人，因此我目前还没有这个打算。

你来信中提到，我母亲希望看到我有所作为。这让我感到有些好笑，不知母亲为何会这样说。难道我现在什么事也没做吗？不管是摘豌豆，还是摘扁豆，不都是做事吗？说穿了，人世间的一切事情都很无聊，如果一个人没有热情和需要，光是为了他人而去追名逐利，劳神费力，那这个人肯定是个傻瓜。

七月二十四日

威廉，别那么担心，我不会把画画给荒废了。其实，我一点儿都不想提及此事，免得告诉你我近来很少画画。

我从来不曾这么幸福过，对大自然的感受也从来不曾这么敏锐，哪怕是一块石头、一棵小草，我都倍感亲切，内心十分充实。可是，我不知该怎么表达意思，我的想像力竟是如此有限，内心装满丰富的东西，却都模糊不清，无法清晰地描绘出来。不过，我仍然很有自信，如果我有黏土或蜡泥，一定能捏出些像样的东西来；如果黏土保存得更长久，我就用黏土捏好了，哪怕捏出一些饼干样的东西也不错哦。

我已经为夏绿蒂画过三次肖像，但三次都出了丑，这使我非常懊恼，尤其是因为前些日子我的画一直很成功。无奈之下，我画了

一张她的剪影聊以自慰。

七月二十五日

亲爱的夏绿蒂，我将依照你的吩咐把一切办妥，你尽管吩咐吧！可有一件事我要恳求你，以后千万别往你给我的纸条上撒沙子①了。瞧，今天我一收到它就去亲吻，结果弄得牙齿里全都嘎吱嘎吱响。

①往信上撒沙子可以使墨迹干得快些。

七月二十六日

我已经下过几次决心，不要经常去看望她，但是我做不到啊，谁又能做到呢！

日复一日，我屈服于诱惑、屈服于自己的软弱，同时又许下诺言：明天绝不去看她了。可等明天一到，我总会找出无法辩驳的理由，转眼间就出现在她面前。我的理由要么是她昨晚问过我："你明天还来，对吗？"谁又会不去呢？要么就是她托我办件事，我理应亲自去回个话；要么就是天气太好，我应该去一趟瓦尔海姆，而一旦到了瓦尔海姆，那儿离猎庄不就半小时的路程吗？周围的景色和气息吸引着我，让我感觉到她近在咫尺。

记得祖母曾经讲过一个故事，说海上有一座磁石山，经过的船只如果太靠近它，船上的所有铁器就会被吸到山上，船只立即分崩离析，倒霉的船夫也将惨遭灭顶的命运。夏绿蒂啊，你就是我命运中的磁石山，我愿意做那粉身碎骨的船夫！

七月三十日

阿尔伯特回来了，而我就要走了。

他是一位善良而高尚的人，一位无法不对他产生好感、既能干

又温和的人。我准备甘拜下风，但要眼睁睁看着他占有那么完美的珍宝，我毕竟难以接受。

威廉，她的未婚夫回来了，值得庆幸的是，接他回来的时候我不在，否则我会肝肠寸断！阿尔伯特算得上是一位绅士，从未当着我的面吻过夏绿蒂。上帝奖赏他吧！因为他对夏绿蒂的尊重，我也不能不爱他。不过，阿尔伯特对我的友善，我想很少是出于他的本意，更可能是由于夏绿蒂的调教。要知道，女士们大都精于此道，而且也有一定的道理，只要有本事让两个崇拜者和睦相处，对她们总是有好处，虽然要做到这一点并不容易。尽管如此，但我仍然无法敬重阿尔伯特。他外表冷静、不露声色，与我敏感不安的个性形成鲜明的对比，更何况我的不安是无法掩饰的；而且他感觉敏锐，深知夏绿蒂爱他。从表面上看起来，他没有什么乖僻的性情，而你是知道的，我最讨厌人类的这种罪恶。

唉，我在夏绿蒂身边的快乐日子是一去不复返了！我应该把我这段时间的行为称做是愚蠢，还是头脑发昏呢？不过，现在说什么都没有意义了，事实摆在眼前，而这样的事实在阿尔伯特回来之前我就已经知道了。我一直很清楚没有任何权利要求夏绿蒂什么，也从未要求过，尽管她那么迷人，我仍极力地控制住自己的欲望。然而，如今出现了另一个人，夺走了我心爱的姑娘，我却伤心欲绝。

有些人认为一切都没救了，我应该自行退出。我鄙视他们。让他们见鬼去吧，我要咬紧牙关挺过去！

我整天在树林里乱转，心神不宁，也不知道该做什么。每次去猎庄，见到她和阿尔伯特一起坐在园子的凉亭中，我的脚就像被钉在地上一般，模样看上去傻傻的，说话语无伦次。

"看在上帝的份上，"夏绿蒂今天对我说，"我求你，别再像昨晚那样恶作剧了，你那副样子真要命。"

不过，只要没看见阿尔伯特，我就会健步如飞地跑过去，确信只有她一个人时，我真是心花怒放。

八月八日

亲爱的威廉，请你原谅我吧！不过，我把那些要我们屈服于命运的人称为废物，的确不是指你。我实在没有想到，你也会有那种类似的看法。当然，从本质上说你是对的，但世间事很少是非此即彼，人的感情和行为千差万别，正如人们除了有鹰钩鼻子、塌鼻子外，二者之间还有各种各样的鼻子。因此，我承认你的观点有一定道理，却又试图从"要么这样"、"要么那样"之间找到一条出路。

你说："要么你有希望得到夏绿蒂，要么你没有。如果是第一种情况，你就努力去实现自己的愿望；否则就只有振作起来，摆脱那该死的感情，要不然它会吞噬掉你。"我的朋友，瞧你说得多动听，多有道理，多容易！可是，对一个忍受着慢性病痛的折磨而一步步走向死亡的人，你难道能要求他拿起剑来结束自己吗？更何况，病魔在耗尽一个人生命力的同时，不也摧毁了他自我解脱的勇气吗？

当然，你可能反驳我说：谁肯甘冒生命的危险，却不愿意牺牲自己的一只胳膊呢？唉，让我说什么好呢？算了，我们不要再为此大伤脑筋了。

威廉，偶尔我也会有振作起来，摆脱一切的念头，然而……如果我清楚该往哪儿去的话，我早就走了。

傍晚

我把日记搁置一旁已经好几天了，今天无意间翻开来看，令我大感惊异：我竟是眼睁睁地看着自己，一步步陷入尴尬而痛苦的境地！哦，我对自己的处境一直看得清清楚楚、明明白白，就是不愿意去改变；现在也还是看得清楚明白，却依然没有丝毫悔意。

八月十日

我若不是个痴情人，本可以享受幸福美满的生活：我住在风景如画的环境里，美丽的乡村景色，世间难以寻觅，更没几人能够拥有。常言说得好，一个人幸福与否，全在于内心的感受。我是这儿和睦大家庭中的一员，老人爱我如子，孩子爱我如父，更重要的还有夏绿蒂。而且，阿尔伯特也没有用任何乖僻的行为来破坏我的快乐，反而友善地接纳了我，对他来说，除了夏绿蒂，我就是世界上最亲爱的人。我想，世上恐怕没有比我们这种关系更可笑的了，然而我却常常感动得热泪盈眶。

我和阿尔伯特有时一起出去散步，谈论最多的话题当然是夏绿蒂。他曾经谈起夏绿蒂的母亲，讲到她临终前如何把家和孩子们托付给夏绿蒂，如何叮嘱他照顾夏绿蒂。还谈到夏绿蒂自那以后就像变了一个人，如何辛勤地操持家务，如何照顾弟妹们，俨然像个母亲，但却没有因此而改变活泼快乐的天性。我们边走边聊，不时在路旁摘下一些五颜六色的野花，精心编成一个花环，我把它抛进了溪流中，然后目送着它缓缓向下游漂去……

我告诉你了吗？阿尔伯特不会再离开了，他在这儿的侯爵府中谋得一个待遇优厚的差事，侯爵很器重他。很少见到像他这样办事精明勤勉的人，十分难得。

八月十二日

昨天，在我和阿尔伯特之间发生了一件不寻常的事，它使我确信，阿尔伯特是天底下最好的人。

我突然心血来潮，想骑马进山去（现在我就是在山中给你写信），于是去向阿尔伯特告别。进到他的房间，我见到墙上挂着几支手枪。

"阿尔伯特，这些都是你的吗？"我问。

"是的。"

"借一支给我用用，好吗？"我说。

"好的，"他回答，"它们挂在那里不过是做做样子。你要是

不嫌麻烦，愿意装上火药的话，就拿去吧。"

我取下一枝枪，他继续说道：

"因为大意，我出过一次事，以后就再也不愿用这玩意儿了。"

我很好奇，请他说说是怎么回事。他说道：

"大概三个月以前，我住在乡下一个朋友家，房间里有几支手枪，但没有装火药。在一个雨天的午后，我闲着没事，不知怎么突然想到我们可能会遭到歹人袭击，可能需要用手枪，可能……于是，我把手枪交给一个年轻的仆人，让他去擦拭和装火药。谁知道这小子却拿它去和侍女们闹着玩，想吓唬吓唬她们，结果触动了扳机，而那根通条还留在枪膛里，一下子就飞了出去，射中一名侍女的右手，把大拇指射断了。为了这件事，我不仅受到大家的埋怨，还赔上了医药费，从此我的枪都不再装弹药了。好朋友，再怎么小心也没有用，危险并非可以预料的啊！虽然……"

威廉，我喜欢他这个人，但不包括他没完没了的解释。是啊，任何常理都可能有例外，但阿尔伯特却不允许自己出现任何意外，他竭力做到四平八稳，一旦发觉自己的言语有失偏颇，就会马上加以修正、补充或否定，到最后等于什么也没说。你看，现在他还在说"虽然……"，而且越说越远，我已没有耐心再听他说什么，却突然产生一个奇怪的念头。于是，我举起枪来，将枪口对准自己右边的太阳穴。

"不！"阿尔伯特大叫一声，冲过来就夺走我手中的枪，"你这是在干什么！"

"没装火药哪。"我说。

"没装火药也不该这样胡闹！"他很生气地说，"真是难以想象，一个人怎么会愚蠢到去自杀，就是有这样的念头也令我反感。"

他的话刺激了我，立刻高声说道："你们这些人啊，对什么事情都喜欢立刻下定论：这是愚蠢的，那是明智的；这是对的，那是错的。可是，你们了解事情的真实情况吗？了解事情发生的种种原因吗？如果你们真的了解这些，就一定不会轻易地妄下断语了。"

"可是，"阿尔伯特说，"某些行为不管出于什么动机，它都是一种罪过。"

我耸了耸肩，承认他的话有一定道理。

"不过，"我接着说，"也有例外的情况。比如偷窃是一种犯罪，但如果一个人为了使自己和家人不致饿死而偷窃，那这个人是该得到宽恕，还是该受到惩罚？再比如一位丈夫基于义愤，杀死了不忠的妻子和卑鄙的奸夫，谁会向他投掷石头①呢？还有，一个姑娘陶醉在幽会的欢乐中，激情令她无法自持而失身，谁又会去谴责她呢？法学家们算得上是冷漠无情的老古板了吧，而就连他们也有怜悯的时候，免除了对这些人的惩罚。"

"你说的完全是另一回事儿，"阿尔伯特反驳说，"对于那些失去理智的人，人们只会把他们当成醉鬼、疯子。"

"你们这些明智的人啊，"我不禁冷笑道，"竟是这般铁石心肠、袖手旁观，不愧为假仁假义的人啊！他们嘲弄酒鬼、厌恶疯子，像那个祭师②一样视而不见地从他们身边走过，像那个伪君子法利赛人③一样感谢上帝，感谢他没有把你们造成酒鬼和疯子。可对我来说，我就醉过不止一次，我的热情离疯狂也不远了，但我并不觉得这有失体面。以我的经验看来，一切杰出的人，一切能够完成看似不可能完成的伟大事业的人，他们总是被世人当成酒鬼、疯子。

日常生活中也是如此，如果某个人的言行与社会普遍认同的准则不一致，超出了一般人的想象，人们就会在他身后大喊大叫：'看啊，这个人是疯子！这个人是傻瓜！'真是可耻啊，你们这些头脑清醒的、明智的人！"

"你太偏激了，"阿尔伯特说，"居然把自杀和成就伟大的事

业胡乱扯到一起。不管怎样，自杀都是一种软弱的表现，而且，死亡与坚强而痛苦地活着比起来，显然要容易得多。"

他的话令我感到气愤！我说的可都是肺腑之言，而他却讲了一大堆陈词滥调。我本不打算和他继续刚才的话题，但转念一想，这样的话不是处处都能听到吗？完全没有必要和他过于计较，于是反问道：

"你认为自杀是软弱的表现？你可不要被表象给迷惑了啊！请问，一个在暴君残酷统治下的民族，为了挣断脚镣手铐，不惜牺牲生命，这是软弱吗？一个人在家园面临被大火吞没的时候，为了保卫家庭财产，不顾安危冲进火海，这是软弱吗？一个人在受到侮辱后，为了捍卫自己的尊严，狂怒中完全不顾对手比自己强大，竟然与之交手，这是软弱吗？朋友，既然奋发被称为刚强，那为什么亢奋就是它的反面——软弱呢？"

阿尔伯特看着我说："你别见怪，在我看来，你举的这些例子，和我们谈论的话题根本是不相干的。"

"可能吧，"我说，"别人也常常说我的联想和推理近乎于古怪，让人难以理解。那么好吧，看看我们能否以另一种方式来探讨这个话题。让我们设身处地想想，生命原本应该是充满欢乐的，而一个决意抛弃生命的人，他的内心世界又是怎样的呢？除非我们有和他同样的感受，才有资格去谈论。

每个人承受痛苦的能力各不相同，但都有一个限度，一旦超过了一定限度，生命就如绷得太紧的琴弦，一下子就断了。因此，人在痛苦之中的选择与刚强或软弱无关，而是由他们承受痛苦的能力所决定的。当然，痛苦包括精神和肉体上的，既然我们不会把一个患寒热病死去的人称做胆小鬼，那也不应该把自杀者称做懦夫。"

"荒唐，太荒唐了！"阿尔伯特叫嚷起来。

"才不荒唐呐！"我说，"当疾病损害了我们的健康，肉体机能失去了作用，完全看不到任何恢复生命活力的希望和奇迹，只有

苟延残喘，这样的疾病我们称之为'绝症'。同样道理，我们的精神也会患上'绝症'。一个人受到外界各种因素的影响，便会形成固定的想法，而且难以改变，就这样，不断增强的狂热完全替代了理性的思考，最后彻底摧毁了他。对于这不幸者的处境，头脑清醒的旁观者可能一目了然，但如果试图去开导他，根本不会有什么作用，就像一个健康的人无法将自己的生命力输送给病榻上生命垂危的病人一样。"

阿尔伯特仍然觉得我的说法过于空洞，我便请他想想前不久从水塘里打捞起来的那个少女，她如花般的生命就那么结束了。我详细地为他讲述了少女的故事。

"这个可爱的姑娘长期生活在狭小的家庭空间里，日复一日做着同样的家务事，唯一的乐趣就是在礼拜天穿上漂亮的衣服（这是她好不容易攒钱买下的），细细地打扮一番，然后和女伴们一块儿到郊外去游玩。偶尔她也会参加节庆日的舞会，要不然就是和邻居聊聊天，并且乐此不疲，一聊就是好几个小时，话题不外乎谁跟谁吵架啦、谁又讲谁的坏话啦，诸如此类。

可是有一天，春情萌动的少女感觉到自己有一些深刻的需要，加之男人们不断地献殷勤，这样的需要就更热烈了，而从前的乐事渐渐变得索然无味。后来，少女遇见了一个人，一种从未体验过的感情在她心中燃烧，无可抗拒地把她吸引到他的身边。她深深地坠入了爱河，把自己的全部希望都寄托在他的身上，完全忘记了周围的一切。对少女来说，他就是她的生命，他就是她的世界，除了这个唯一的他，一切都不存在了。她朝思暮想的人就只有他，只有这个唯一的他。

她一心一意地追求自己的爱情，绝不为朝三暮四的虚情假意所迷惑，更不贪恋卖弄风情的短暂欢乐，她要与他永结同心，得到她所渴望的幸福，享受她所向往的两性欢乐。信誓旦旦的诺言使她深信所有的希望都能实现，大胆的爱抚和亲吻点燃了她心中的欲望，

她的身体像在云端飘忽，懵懵懂懂地意识到一种快慰，预感到一种性的欢乐即将来临，心情紧张到了极点……终于，激情使她不能自持，少女伸出双臂去拥抱她所渴望的一切……然而，这唯一的他却将她抛弃！

少女站在悬崖上，四肢麻木，神智迷乱，眼前一片黑暗，没有希望，没有安慰，只有痛苦和绝望。要知道呵，在那一瞬间，她失去了一切：他抛弃了她，那世上唯一使她感觉自己有存在意义的人抛弃了她！她看不见眼前的广阔世界，看不见还有可以带给她真挚情感的人，她只感到孤独无援、走投无路，可怕的痛苦驱使她走向万丈深渊——唯有闭上双眼往下跳，在死神的怀抱中，才能彻底摆脱无法承受的生命之苦！

阿尔伯特，这就是那位少女的悲惨遭遇！难道这还算不上是一种'绝症'吗？在浑沌不堪、矛盾重重的迷津中，大自然也找不到出路，人更是只有选择死亡。

罪过啊，那些冷眼旁观并称她为傻瓜的人！这些人只会说：何必急于寻死呢？时间会治愈心灵的创伤，绝望的情绪会随时间而消散，还会有另外的人来安慰她。噢，这无异于对一个已死的病人说：傻瓜，竟死于寒热病！他应该等等，一旦体液改善、血液循环正常、力量恢复，病就会好起来，他就能活下来了。"

然而，阿尔伯特觉得这个例子仍然缺乏说服力。他指出我所讲述的只不过是一个单纯的女孩，但如果自杀者是一个见多识广、头脑清醒、思想不那么狭隘的人，他看不出这个人为什么值得原谅。

"我的朋友，"我大声叫嚷起来，"人毕竟是有血有肉的呵！当一个人激情澎湃，所能承受的痛苦又有一定限度的时候，他仅有的一点点理智可能很难起作用，或者说根本没什么用，更何况……以后再谈吧。"我一边说，一边抓起了帽子。

我和阿尔伯特道别，我们谁也没能说服谁。唉，我的心中充满了无限感慨，人与人之间要相互理解真是太难了。

①古代中东有用石头投掷不贞妇女的习俗。这里意指谴责。
②祭师指见死不救的伪善者。见《新约·路加福音》第十章。
③法利赛人指伪君子。见《新约·路加福音》第十八章。

八月十五日

在这个世界上，只有爱才能使一个人变得不可或缺。我感觉到，夏绿蒂不愿意失去我，而她的弟妹们更是盼望着我第二天还会去。

今天，我去为夏绿蒂的钢琴调音，但没有办成，因为孩子们一直缠着我讲故事，而夏绿蒂也认为我应该满足他们的愿望。晚餐时，我为孩子们切了面包，他们都高高兴兴地接过去吃了起来，就像从夏绿蒂姐姐手中接过去一样。之后，我给他们讲了某个公主得到一双神奇的手帮助的故事，那是他们最喜欢听的，已经讲过很多遍了。

在为孩子们讲故事的过程中，我学会了许多东西。公主的故事给他们留下深刻的印象，但令我感到惊讶的是，他们对每一个细节都记得非常清楚。因此，每当我忘记某个细节，不得不临时编凑时，他们会立刻嚷起来：上次不是这样讲的！结果弄得我只好反复练习，直到能一字不差地背诵。这件事让我得到一个教训：一位作家反复修改书中的细节，即使在艺术上增色了很多，但都会给作品带来损害。人们总是相信第一印象，即使是最荒诞离奇的事，也会深信不疑，而且印象深刻，难以从记忆中抹去。

八月十八日

能够使人幸福的东西，往往也是使人痛苦的根源，难道非得如此吗？

我曾沉醉于生机勃勃的大自然，它强烈地激荡着我的心灵，令我欢呼雀跃，把周围的世界都变成人间天堂。可如今，它却残忍地

折磨着我，变成四处追逐我的暴虐魔鬼。

曾几何时，我从高山上眺望河流两岸富庶肥沃的土地，眼前是一片生机盎然、欣欣向荣的景象：绿荫掩映的峡谷在起伏舒缓的丘陵间蜿蜒，绵延的群山被茂密的森林覆盖着，河水从低声絮语的芦苇丛中缓缓流过，晚风轻柔地吹拂着天空的云朵，悠悠白云在清澈的河水中投下倒影，归巢的群鸟在树林间婉转啁啾，难以计数的昆虫在夕阳余晖中纵情舞蹈，草丛里的蟋蟀被落日的最后一瞥唤醒，在夜幕中尽情歌唱。然后，我低头细心观察，深情地抚摸着脚下的土地：嫩绿的苔藓从坚硬的岩石缝隙里吸取养分，顽强地生长繁衍，藤萝从干燥的沙丘中蔓生，垂挂在悬崖峭壁上，它们揭示了大自然内在神圣而不朽的生命之谜。所有的这一切都温暖着我，让我感到无比的充实和快乐。辽阔世界的壮丽景色留存在我的心灵深处，滋润着我的生命，赋予一切以生机。放眼望去，那环抱着我的巍峨群山、静静躺卧的深深幽谷、飞泻而下的瀑布、流水潺潺的小溪、百鸟喧鸣的森林……这一切都蕴涵着神秘而不可知的力量，并在大自然的变迁中不断地相互作用和影响。除此以外，在地球上、天空中、海洋里，还有一代又一代地繁衍着的形形色色的生命。

大自然真是应有尽有、千姿百态啊！最后还有人类，他们为求生命安全而聚居在小小的房子里，却自以为能够主宰大千世界！可怜啊，人类把一切看得如此渺小，却不知是因为自身太渺小了！从高不可攀的崇山峻岭，到人迹不至的茫茫荒原，再到世所不知的海洋尽头，到处都有造物主的思想在灵动。唉，那个时候，我是多么渴望呵，渴望能有一双仙鹤的翅膀，飞临蔚蓝色的海洋，从那浪花翻腾、无边无际的酒杯中，畅饮令人心醉神迷的生之欢愉，并用自己的全部心灵，去感受上帝创造天地万物的巨大幸福，哪怕仅仅是一瞬间！

我的朋友，仅仅是回忆起这些过去的时光，我就感到快乐，甚至光是产生重新唤起这些美妙感情的念头，也会使我的灵魂得到净

化。但是，这更加倍地让我感觉到自己目前处境的险恶。

我的面前仿佛出现了一面帷幕，它徐徐地拉开，展现在我眼前的广阔世界变成一个张开大口的墓穴。你或许会问："这可能吗？"哦，我的朋友，难道你没有看见？一切都在消失，一切都如闪电般转瞬即逝。或被巨浪卷走，或在洪水中湮没，或在岩石上撞得粉碎，无时无刻不在吞噬着你和亲人们的生命。没有一个瞬间你不是在做一个破坏者：一次平常的漫步将夺走无数个小虫子的生命，一个不经意的动作就可能毁坏蚂蚁们辛勤建造的巢穴，把那个可爱的小小世界变成坟墓。噢，使我心灵深受痛苦折磨的，不是自然界那些巨大的灾难——冲毁村庄的洪水、吞没城市的地震，而是大自然内在某种不可知的力量。这种力量所造就的一切，无不损害着与它相关联的事物，同时也反过来损害着大自然本身。每当想到这些，我就感到忧心忡忡。尽管天和地以及它们创造生命的力量是如此伟大，但在我眼里，却只是一个永不停息、不断进行毁灭与再生的庞然大物

八月二十一日

清晨，我从睡梦中醒来，伸出双臂，想要拥抱她，结果却是一场空……

昨夜，我做了一个梦，梦见我和她坐在草地上，四周开满五彩斑斓的小花。我们手握着手，千百次地亲吻，是那么甜蜜，令人销魂。可是，这幸福而纯洁的美梦却欺骗了我，我的臂弯里没有她！在半梦半醒之间，我伸出双手摸索着、探寻着……终于，我从迷蒙状态中清醒过来，明白了那不过是虚幻的梦境，两行热泪顿时喷涌而出，面对着黑暗的未来，我绝望地痛哭。

八月二十二日

多不幸啊！我浑身充满活力，却无所事事。我心烦意乱，既不

能没什么事干，又干不好任何事。

当一个人失去自主，也便失去了一切。我不再有想象力，不再有对大自然的敏感，书籍也令我生厌。有时，我甚至希望去做短工，这样每天早晨醒来后，还可以对这一天有个目标和追求。我常常羡慕阿尔伯特整天都埋头于各种公文，要是我能像他一样该多好啊！我也确实动过几次这样的念头，想给你和部长写信，请他把公使馆的差事给我，相信他是不会拒绝我的——你知道的，部长一直就喜欢我，总是劝我找些事情做，有些时候我也真准备做点什么——可是我想起一则寓言故事，说有一匹马厌烦了自由自在的生活，请求主人给它套上缰绳、装上鞍子，并让人骑它，结果却累得半死。

我考虑再三，不知该怎么办才好，最终没有提笔写信。

威廉，请告诉我，时时刻刻折磨着我内心的烦躁不安，是否就是源于我要求改变现状的热切渴望？

八月二十八日

如果我的病还有治愈的希望，那能够拯救我的就只有他们了：夏绿蒂和阿尔伯特，以及他们的友情。

今天是我的生日，一大早我就收到一个包裹，是阿尔伯特差人送来的。

打开包裹，一个粉红色的蝴蝶结跃入我的眼帘。我不禁回想起初次见到夏绿蒂的情景，当时她就戴着这个蝴蝶结，我是多么喜欢这只在她胸前飞舞的蝴蝶啊，曾多次请求她送给我！除此之外，包裹里还有两本六十四开的小书，是威特斯坦袖珍版的《荷马选集》，同样是我心仪已久的东西。以往散步时，我总是带着又重又大的埃尔涅斯特修订版。瞧，他们总是不等我开口就满足我的愿望，总是想方设法向我表达他们的友谊。对我来说，这些小礼物比那些绚丽耀眼的礼物贵重一千倍，后者不过显示了赠与者的骄矜与

夸耀，却降低了我们的人格。

我一遍遍地吻着蝴蝶结，深深地感受着她那芬芳的气息，如痴如醉，全然沉浸在对幸福的回忆中；那为数不多的、永不再来的美好时光。威廉啊，或许生活就是如此吧！一切美丽的东西总是转瞬即逝，生命之花也不过是过眼云烟！多少花朵凋零了，无影无踪、无声无息？只有太少的花朵能够结果，只有太少的果子可以等到金秋成熟的季节！尽管如此，世间仍然有丰富的果实，可是，难道我们能轻视这些历尽千辛万苦的生命之果吗？难道我们能弃之不顾，不去享受它们，任它们腐烂吗？

再见吧，威廉！这里的夏季更是美丽迷人，我时常坐在猎庄里的果树上，手拿采摘果实的长杆，从树枝上钩下一个个汁多味美的梨，而夏绿蒂则站在树下，从长杆上摘下我钩给她的果实。

八月三十日

不幸的人呵，你不是犯傻吗？不是自欺欺人吗？这样毫无希望地陷入痛苦之中，有何益处呢？

除了对她，我的心再不会向任何人祷告；除了她的情影，我的脑海里再不会有别的形象。而我周围世界的存在，在我的眼里全是因为她的缘故。这样的错觉曾使我陶醉在幸福中，可到如今却不得不忍受分离的痛苦！威廉啊，我时时都在盼望着重回到她的身旁！

当我陪伴在夏绿蒂身边时，经常连续两三个小时欣赏她优美典雅的举止、精妙隽永的言谈。我是如此全神贯注，激动、紧张、亢奋交织在一起，令我头晕目眩，以至于眼前发黑、耳朵什么也听不见、喉头如窒息般难受、心儿狂跳不已。我竭力让自己松弛下来，但事与愿违，反而更加迷乱了。威廉啊，这个时候，我自己也不清楚是否还活在这个世界上！

有时候，抑郁控制了我，情绪低落到了极点，要不是夏绿蒂允许我伏在她手上痛哭，让我得到一点可怜的慰藉的话，我就一定得

马上离开她，向野外跑去，否则……我徘徊在纵横交错的田间小道上，攀登上陡峭的山峰，游荡在浓荫蔽日的森林里，穿过满是荆棘的灌木丛，让它们刺破我的皮肤，撕碎我的衣服，我的心才因此好受一点儿，但也仅仅是那么一点点！有时，我又渴又累，倒在路途上；有时，在深夜寂静的山林里，满月阴冷的光辉寂寞地洒在我身上，我坐在一根弯曲的树干上，让磨破的脚掌得到稍许休息，然后，在黎明前的困倦中沉沉睡去，寂寥地进入梦乡……我的朋友，修道士寂寞的斗室、赎罪者的麻布粗衣和荆条腰带，才是我灵魂渴求的甘露啊！

我的痛苦和悲伤，就像那永不枯竭的河水，绵绵不尽、无止无休，除非我踏进坟墓！

九月三日

我必须走了！我必须离开她了！

谢谢你，威廉，是你帮助我坚定了信心，让我不再犹豫。已经十四天了，我一直徘徊在是走还是留的忧虑中。现在终于决定了。她又去城里照料她的女友了，而阿尔伯特……还有……好啦，我必须走了！我必须离开她了！

九月十日

过了今夜，我再也不会见到她了，一切我都可以克服了！

威廉，此刻我恨不得扑进你怀里，痛痛快快地哭一场，向你倾诉我的愁苦哀怨。现在我坐在窗前，为了让自己平静下来，深深地呼吸着带着树木清香的空气，期待着黎明的来临。当明天的太阳升起，我将骑马离开这里。

哦，今夜她会安然入睡的，就像过去的每一个夜晚，不会想到再也见不到我。我终于坚强起来，终于能够离开她，而且，在今晚两个小时的交谈中，我丝毫没有表露出来。上帝啊，这是怎样的一

个夜晚，怎样的一次谈话啊！

　　阿尔伯特答应我，晚餐后和夏绿蒂一起到花园里来。我站在山坡上的栗子树下，在这里最后一次看夕阳西下，目送它渐渐沉进幽静的山谷、平缓的河流、遥远的地平线……在苍茫的暮色中，周围的景物像披上一层神秘的面纱，朦胧、柔和、静谧中灵动着一种令人震慑的气息。曾几何时，我和她站在这里，一起欣赏着这壮丽的景色，然而现今……

　　在那条熟悉的林荫小路上，我来回地踱着。早在认识夏绿蒂之前，这条小路对我就有着某种神秘的力量，时常吸引我来此驻足。在我们认识之后，发现彼此对这里有着相同的感受，那股欣喜之情更是难以言表。

　　这条林荫小路是我见过最富浪漫情调的艺术杰作。它完全隐藏在一片绿树丛中，如果你要寻找它的影踪，只有走到山坡上的栗子树林中，眼前才会豁然开朗。高耸的山毛榉树像一道天然屏障挡住了人们的视线，小路被两旁的灌木林和茂密的草丛遮挡着，使它显得更加幽暗，形成一个与世隔绝的幽闭之所，寂静凄凉，令人悚然。在一个正午，我第一次走进了这里，当时的奇异心情现在还历历在目：我隐隐约约地预感到，它将是一个既让人品尝到许多幸福，又让人体验到无数痛苦的地方。

　　怀着令人销魂的离别之情，我在林荫小路上沉思了约半个小时，便听见他们从山坡上走下来。我忙迎上前去，在接住夏绿蒂伸出的手那一瞬间，我不由得一怔，但很快就恢复了常态，低下头去吻了吻。当我们再次登上山坡，月亮正从树影婆娑的山冈上爬上来。我们一路聊着天，不觉来到了凉亭前。夏绿蒂在凉亭里坐下来，我和阿尔伯特分别坐在她的身边。然而，内心的不安让我如坐针毡，我站起来，在凉亭里踱步，之后又坐下，那情形可真令人难受啊。这时，月亮已当空高悬，银色的光华洒向大地。只见在山毛榉树的尽头，整个山坡在月光的照射下犹如白昼般明亮，与包围着

它的深邃幽静相辉映，形成鲜明而触目惊心的景象。我们沉默地注视着眼前的景色，深深为大自然的魅惑所震慑。过了好一会儿，夏绿蒂才开口说话：

"每当在月光下散步，我总会想起已故的亲人，一种对死亡和未来的恐惧从心中油然而生。唉，我们都会死啊！"她有些激动地继续说，"可是，维特，你说我们死后会再见吗？见了面相互还认识吗？你有没有什么预感？告诉我吧。"

"夏绿蒂，"我把手伸给她，眼里含着泪说，"我们会再见的！无论在人间还是在天堂，我们都会再见的！"

我说不下去了。威廉，在我满怀离愁之际，她却偏偏这么问，我的上帝啊！

"我们已故的亲人，"她又说，"他们是否还记得我们呢？他们能否感觉到，每每在幸福的时刻，我们会更加思念他们呢？在静静的夜晚，我时常坐在弟妹们中间，像当年母亲坐在她的孩子们中间一样，弟妹们围着我，像当年围着他们的母亲一样。每当这个时候，我的眼前就会浮现出母亲的音容笑貌。我眼含热泪，仰望天空，热切期盼着她看看我，哪怕只是一眼，看看我是如何信守在她临终时对她许下的诺言，代替她做孩子们的母亲，全心全意地照顾他们。我甚至激动得几乎哭喊出来：'亲爱的妈妈，要是我没能像您一样无微不至地关怀他们，请您原谅我吧！我已经做了我能够做的一切，全身心地照顾他们的生活，保护他们，爱他们。亲爱的妈妈，我神圣的母亲呀，您临终时曾以痛苦的泪水祈求主保佑您的孩子们，如今，您要是能看到我们快乐地生活在一起，您将怀着最热烈的感激之情赞美上帝，赞美全能仁慈的主……'"

夏绿蒂说啊说啊，仿佛永远诉说不尽心中的无限感慨。威廉，谁能复述她的话呵，这冷漠而呆板的文字，怎能表达她那灵动的智慧呢？

阿尔伯特温柔地打断了她：

"亲爱的夏绿蒂，你太激动了。我知道，你心里一直挂念着这件事，不过我求求你……"

"噢，阿尔伯特，"夏绿蒂沉浸在自己的思绪里，动情地继续说着，"我知道你一定不会忘记那个夜晚的。当时，爸爸因过度悲伤而出去了，弟妹们已上床睡觉，我俩一块儿坐在那张小圆桌旁，你手里拿着一本书却无法阅读。是啊，在这个世界上，还有什么比和病榻上这个美丽的灵魂进行交流更为重要呢？她是多么温柔、端庄、快活而不知疲倦的女性啊！我常常跪在自己的床上，泪流满面地祈求上帝让我像她一样！"

"夏绿蒂！"我再也无法控制自己，扑倒在她面前，抓住她的手，热泪簌簌地流下来，滴落在她的手上。"夏绿蒂啊，上帝会保佑你的，你母亲在天之灵也会保佑你的！"

"唉，你要是认识她就好了，"夏绿蒂紧握着我的手说，"她值得你认识！"呵，我从来没有受到过比这更崇高、更引以为豪的称赞，不由得激情荡漾。她继续说："可是，这样一位女性却不得不正当盛年就离开人世，那时她最小的儿子才六个月啊！病魔没能折磨她多久，她走的时候平静而安详，只有孩子们令她放心不下，特别是最小的儿子。弥留之际，她要我把孩子们带到病榻前，弟妹们围在她身边，小的几个根本不懂将要发生的事，大的几个也不知所措。她抬起手来为他们祝福，一个个地吻了他们，然后让他们回到自己的房间。她拉着我的手说：'你要做他们的母亲啊！'我向她起誓之后，她接着说：'夏绿蒂，我的女儿，你答应像母亲一样关心他们、照顾他们，这个担子可不轻呀！不过，令妈妈感到欣慰的是，在过去的日子里，你经常表露出对妈妈的感激之情，可见你已经体会到做个母亲多么不易。夏绿蒂，对你的弟妹们，要有母亲的慈爱，对你的父亲，要有妻子般的忠诚与温柔。'说完这些话，她问起父亲在哪儿。唉，我可怜的父亲，这个男子汉已经肝肠寸断，为了不让我们看见他难以承受的悲伤，他一个人出去了。

哦，阿尔伯特，你当时也在她的房中。她见房间里有人走动，便问是谁，并要你走到她床前。她凝视着你和我，目光安详，流露出欣慰的神情。啊，那时她就已知道，我俩将在一起，将永远幸福地在一起。"

阿尔伯特一把搂住夏绿蒂的脖子，忘情地吻着，并说道："我们现在是幸福的，将来也会是幸福的。"

一向冷静的阿尔伯特竟然也失去了自制力。

"维特呵，"夏绿蒂说道，"我想，当我们生命中最亲爱的人永远地离去时，没有谁比孩子们更令人感到痛心的了。后来，过了很长一段时间，我的弟妹们还跟别人说，一些黑衣人把他们的妈妈抬走了。"

夏绿蒂站起身来，而我仍然处于震惊之中，呆坐在那儿，紧攥着她的手。

"我们走吧，"她说，"时候不早了。"

她想缩回手，我却握得更紧。

"我们会再见的，"我大声说道，"我们还会相聚，无论将来变成什么样，都能彼此认出来的。我要走了，心甘情愿地走了，可我不会永远地离开你们的。保重吧，夏绿蒂！保重吧，阿尔伯特！我们会再见的。"

"我想就在明天吧。"夏绿蒂微笑着说，然后抽回了手。

天哪！明天？她压根儿就不知道啊……

他们走出了林荫小路。我呆立在原地，目送着他们的背影，随后扑倒在地，失声痛哭起来，旋即从地上跃起，奔上山坡的更高处。从那儿眺望，在柔和的月光下，她的白色衣裙在高高的菩提树阴影里闪动，犹如梦幻一样，我伸出手想要碰触，她的倩影却已消失在园门里。

第二编

一七七一年十月二十日

我们昨天抵达了这个地方。公使感觉身体不适，要在家休息几天。唉，公使要是脾气好一点、待人随和一点，一切就好了。我发现，命运总是给我各种各样严峻的考验，我可要鼓起勇气呵。

威廉，我只要放松心情，什么事都能对付得了。好个放松心情呵！这话竟出自我的笔下，简直令人好笑。其实，我的心情不用完全放松下来，只要稍稍放松那么一点点，就可以成为一个很完美（幸福、满足）的人了。要知道，那些人只有那么一点点能力、一点点才气，便可以到处夸耀，我为什么还要悲观失望，对自己的能力和天赋产生怀疑呢？仁慈的上帝啊，你为什么不少给我一些才能，多给我一些自信呢？

"别急！情况会好起来的。"好朋友，你的劝告完全正确。在每天的忙碌中，我见识了人们究竟在做什么以及怎么做，其实也不过尔尔，我根本不必为自己担心，心情于是好多了。是的，我们生来就喜欢拿自己和他人比较，因此，我们是否感到幸福或满足，完全取决于与之相比较的是什么人，而我们最大的痛苦则莫过于离群索居。

渴望完美是人的天性，加之受到富于想象的诗的激发，我们时常臆造出一些比自己更加优秀的人，他们个个比我们杰出，个个比我们完美；此外，我们总是觉得自身存在着这样那样的缺点，而我们所欠缺的，正是他们所具备的；不仅如此，我们还把自己所有的优点全都给了他们。这样，怀着一种满足感，一个完美无缺的人诞生了，但那不过是我们的幻想所创造的，而我们依旧没有任何改变。

反之，假如我们不再抱怨自身的缺点，只管一步步地往前走，我们将会发现，虽然步履蹒跚，有时还可能误入歧途，却仍然可以

比那些各方面条件都优越的人走得远；而且，一旦追赶上他们，甚至超越了他们，就会充分认识到自身的真正价值。

十一月二十六日

现在我勉强适应了这里的生活。让我感到高兴的是，我有足够多的事情可做，此外，这里的人很多，千姿百态、形形色色，就像在看一幕幕热闹而有趣的喜剧。

最近，我结识了C伯爵。他见多识广，待人真诚热情，很重感情和友谊，是一位令我尊敬的博学而杰出的人。我们相识纯属偶然。有一次，我因为公事去拜访伯爵，他对我颇有好感，一番交谈之后，发现彼此能互相了解，他完全把我当成知己，而且，我从未见过如此坦率的人。世间最纯粹、最温馨、最快乐的事情，莫过于一个伟大的心灵对自己敞开胸怀吧。

十二月二十四日

我早就料到公使会给我带来许多烦恼，像他这样吹毛求疵的人，世上找不出第二个。公使做事刻板固执，说话啰嗦唠叨，他就连对自己都从未满意过，更不要说对别人了，谁也不能令他称心如意。我做事干净利落，他却拖泥带水，总是要我反复修改我的公文稿，还说什么"文章写得蛮不错的，不过不妨再检查检查，多检查一遍，说不定可以找到更漂亮的句子、更恰当的用词"。把我气得要命。此外，依照他对文稿的标准，任何一个连接词都甭想省去，偶尔使用倒装句也不行，假如把长句写得变了味，他更会显出一副不满的神情。唉，和这样的人打交道，真是受罪啊。

不过，C伯爵的信任给了我安慰。最近，伯爵坦率地告诉我，他对公使的拖沓和多疑也很不满。"这种人不仅自讨苦吃，而且还给他人增添麻烦。不过，"伯爵说，"我们必须面对，就像旅行者不得不翻越横亘在面前的一座山一样。如果没有山的阻挡，当然舒

坦得多，旅程也要短得多，不过既然有一座山在那儿，就必须翻越过去。"

公使心里很清楚，比起他来伯爵更器重我，他对此十分生气，一抓住机会就在我面前数落伯爵的不是；而我肯定会为伯爵辩护的，这样一来，我和公使之间的关系就更糟了。昨天，公使的一席话让我感觉连我也骂了进去，一下子把我惹火了，与他激烈地争执起来，毫不让步。他说，伯爵处理事务还算不错，非常干练，文笔也好，可是就像所有文人一样，缺乏渊博的知识。他说话时的神情仿佛在故意挑衅："怎么，刺痛你了吧？"他的这种想法和行为令我鄙视，于是针锋相对地说："无论人品或学识，伯爵都是一位值得尊敬的人，而且，在我所认识的人中，没有谁像他那样心胸宽广、博学多才，同时又精于日常事务的了。"当然，我的这番话公使是决然不会苟同的。为了避免继续争执下去再找气呕，我便告辞了。

瞧，这都怪你们，都是你们成天在我耳边唠唠叨叨"要有所作为"，结果我给自己戴上了沉重的枷锁。哼，有所作为！我想就连一个种马铃薯的农民都比我更有作为！如果不是这样的话，我倒甘愿在这条囚禁我的苦役船上再受十年罪。

此外，小市民们的虚荣与无聊也让我无法忍受。这儿的社会风气很强调等级观念，处处都计较社会地位、身份，时时都想着高人一等，竟把人类这种最可悲、最低下的欲望赤裸裸地表现出来。有一个女人逢人便炫耀她的贵族血统和领地，不了解这儿的社会情况的人都只当她神经有毛病，要不然怎么会把那么一点点的贵族血统和世袭领地看得如此了不起。更糟糕的是，这个女人只不过是当地一名书记官的女儿。我真不明白，他们怎么会这么不知廉耻。

不过我已经越来越清楚了，以自己的观念或标准去衡量别人是很愚蠢的，更何况我自己的事已够伤脑筋的了，我的这颗心至今还没有平静啊。唉，我的要求并不多，只要不彼此妨碍，大家各走各

的路吧。

然而，市民阶层的可悲处境却令我感到最为烦恼。尽管我了解等级差别的存在是必要的，它也给我带来了不少好处，但同时它又妨碍着我，使我不能享受这世间仅存的一点点欢乐、一点点幸福。最近，我在散步时认识了封·B小姐，在这样一个迂腐的环境中，她却不失其自然天性，十分可爱。我和她谈得很融洽，临别时请她允许我去她家拜访，她大方地答应了，这让我更加盼着约定的时间到来。封·B小姐不是本地人，住在她的一位姑妈家里。尽管我不喜欢她姑妈，但仍然不失礼貌，多数时间都在和她周旋。然而不到半小时我便大致弄清了她的情况，后来封·B小姐的说法也印证了我的猜测。她姑妈现在过得并不如意，除了拥有可作为谈资的世袭贵族头衔外，既无一笔符合身份的财产，又无一个可依靠的人，唯一的消遣就是从楼上俯视街上过往的人群。据说，她姑妈年轻时是蛮漂亮的，只是由于行事太过工于算计，把不少追求她的年轻人折磨得够呛，大家都退避三舍，以致荒芜了青春年华。等到上了些年纪，她只好屈就于一位完全顺从于她的老军人，依靠老军人的微薄收入勉强度日。他们在一起度过了一段艰难的岁月，随后老军人就一命呜呼了，把她孤零零地留在世上，过着同样艰难的生活。唉，要不是因为她的外甥女如此可爱，谁高兴去看她呀。

一七七二年一月八日

真不知这是些什么人，一天到晚，心里盘算着的都是如何抬高身份，比如在宴席上怎样才能使自己的座位往上挪一个位置。这些人并非无事可干，可他们宁愿整天忙于这些无聊的事，也不去做许多等着他们去办的要紧事。上星期，在乘雪橇出游时，一群人就为了座次安排的问题而争吵起来，结果弄得十分扫兴。

这帮无知的傻瓜，真是可笑又可怜，他们完全不明白位置先后毫无意义，不明白历史上那些坐上第一把交椅的，往往并不是最举

足轻重的人！古往今来，不知有多少帝王受制于自己的大臣，又有多少大臣为自己的助手所操纵！那么，谁才是真正拥有最大权力的人物呢？我认为，是那些凭借超凡的胆识、魄力和智慧，调动他人的力量来实现自己目标的人。

一月二十日

亲爱的夏绿蒂，为了躲避一场暴风雪，我逗留在一家乡村小客栈里。哦，已经有很长一段时间没有给你写信了！只要我还受困于D城那个可悲的地方，还忙碌于那些无聊的人中间，我就无法给你写信。只有像此时此刻，在这样的地方，我才有心情和你交流。风雪在旷野中呼啸，冰雹敲打着窗户，我的心是如此寂寞惆怅，第一个思念的人就是你。夏绿蒂呵，你的情影浮现在我眼前，唤起我对你的回忆，是那么的圣洁、温馨，这是仁慈的上帝赐予我的久违了的幸福时刻啊！

亲爱的，你不知道我现在变得多么心神不宁、感觉迟钝！我没有一刻感到过充实，没有一刻感到过幸福，全都是空虚呀！我好像站在一架放映机前，看见人啊马啊，各种各样的东西在我眼前转来转去，怀疑这一切是不是光学的把戏？我也参与到这个把戏中，更准确地说，像个被人玩弄的木偶，不小心碰到旁边一个人的手，便吓得发抖，赶紧缩了回来。

每天晚上，我都决心要欣赏第二天早晨的日出，可到了早晨却起不了床；每个白天，我都期盼能欣赏到月色，可夜幕降临时却不愿踏出房门。我真不明白，自己为什么要醒来，又是为什么要睡去？

我想，我的生活缺少动力，那种使我深夜精神饱满、清晨兴奋不已的激情，已从我身上消失殆尽了。

我在这里只结识了一个姑娘，名字叫封·B。亲爱的夏绿蒂，如果说还有谁像你的话，那就是她了，她是多么像你啊。你或许会说："瞧，你这个人多会献殷勤哟。"这么说也不无道理。这些日子以来，我的确变得礼貌多了，也聪明多了，女士们都说谁也不如我会说奉承话。你可能还会补充道："还有骗人的话。"可不这么做不行呀！我还是继续说说封·B小姐吧：她有一双清澈明亮的蓝眼睛，是一个很重感情的姑娘，贵族身份对她来说只是一种负担，满足不了她心中的任何一个愿望。她渴望离开喧嚣的人群，幻想着过一种田园式的纯净幸福生活。哦，我时常跟她谈起你，她是那么崇拜你、那么爱你。

啊，但愿我能回到你的身边，坐在你的脚边，坐在那舒适可爱的小房间里，看着孩子们在我们周围打闹嬉戏。如果你觉得他们太吵，我可以让他们聚到我身边来，安安静静地听我讲恐怖故事。

在闪耀着白雪寒光的原野上，美丽的夕阳慢慢地沉落下去。暴风雪已经停止了呼啸，我又得把自己关进那个可悲而无聊的牢笼中……

再见，夏绿蒂！阿尔伯特和你在一起吗？你的生活过得……上帝啊，饶恕我问这样的问题吧，我是情不自禁啊！

二月八日

尽管几天来天气糟糕到了极点，但我却很高兴。自从来到这里之后，没有 个晴朗的日子不是被破坏了的，总是把自己弄得不痛快。"哈哈，雨、雪、风、霜尽管来吧。"我想，"反正待在屋子里也不比待在外面差，不，应该说要好得多。"

清晨，每当旭日东升，预示着又是一个晴朗的日子，我便忍不住大声喊道："上帝今天又赐予了一个恩惠，好让他们你争我夺啦！"为了荣誉、身份、地位、健康、快乐，他们拼命地争抢着，真是太愚昧无知了。可他们却不这么认为，反而觉得这是理所应当的。有时候，我真想跪下去恳求他们，不要再这么疯狂地干那些无聊事了。

二月十七日

我想，我和公使一起共事的时间不会太久了。他这人简直让人受不了，办事和处理问题的方式都很可笑，我有时会说出自己的看法，有时干脆就按自己的想法把事情办了，结果却令他非常不满。最近，公使到宫廷里去告了我一状，部长斥责了我，尽管语气相当缓和，但我仍认为自尊心受到了伤害。我准备递交辞呈的时候，却收到部长的一封亲笔信①。这是怎样的一封信啊，在那充满着高尚、睿智的思想面前，我佩服得五体投地！部长责备我有些偏激，说我对办事效率、影响他人、干预政务等问题的种种看法和设想，表现出年轻人的朝气和敏锐，值得尊重，却有点操之过急。他希望我提出想法时要缓和一点，慢慢引导，这样才能产生积极的影响。读了这封信，我感到深受鼓舞，好几天心情都格外舒畅。

我的朋友，内心的欢乐简直就是一件珍宝，珍贵无比、绚丽迷人，不过，要是它不易破碎该有多么美妙啊！

①出于对这位杰出人物的尊重，编者略去了书中的这封信和后来提及的另一封信。编者认为，即使读者希望读到这些信，但公布信的内容仍然是冒失的举动，是不可原谅的。（作者注）

二月二十日

上帝保佑你们，亲爱的朋友，愿我失去的所有美好日子都赐予你们吧！

谢谢你，阿尔伯特，谢谢你隐瞒了实情。我一直在等待着你们结婚的消息，并决定当这一天到来的时候，将取下夏绿蒂的剪影画，把它和其它的画放在一起。然而，现在你们已结为夫妻，但她的画像仍然挂在我的墙上。哦，还是让它永远地挂着吧，因为我的身影也依然留在你们心中，留在夏绿蒂的心中，而且并不妨碍你们。是的，我在夏绿蒂的心中占据着一个位置，并希望永远这样保

持下去，而且必须这样保持下去。如果她把我忘了，我一定会疯狂的……这个想法太可怕了。

再见了，阿尔伯特！再见了，夏绿蒂！

三月十五日

威廉，我遇到了一些倒霉的事情，看来我一定得离开这里了，而且绝无任何挽回的余地。这些事想来都令人感到愤怒，噢，让它见鬼去吧！真该埋怨你们，就是因为你们的鼓动，我才接受这份与我的性情完全不合的差事，这下可好了！不过，为了不让你又认为是我思想偏激才把一切弄得一团糟，现在请你听听下面这段故事吧——我将如实陈述。

我已经对你说过很多次了，C伯爵十分器重我、喜欢我。昨天，伯爵邀请我去他家吃饭，可碰巧当晚是本地的贵族男女在他家聚会的日子，而且，我也没有留意到，像我这样的小人物是不容许插足于他们之中的。晚餐结束之后，我和伯爵在大厅聊天，后来又来了一位上校，他也加入我们的谈话中，不知不觉，聚会的时间到了，而我却完全把这件事给忘了。这时，最最高贵的封·S太太带着她的丈夫，以及她那胸部扁平、腰肢纤细的千金走了进来，在经过我身边时，高昂地仰着他们那世袭贵族的面孔，一副轻蔑不屑的样子。我从心底讨厌这类人，打算等伯爵与他们寒暄完就告辞，谁知这时封·B小姐来了，我每次见到她总感到几分欣喜，于是便留了下来。我站在她的椅子背后与她交谈，可过了一会儿，我发现她不像平时那样随便，表情颇为尴尬。"原来她也跟那帮家伙一样！"我感到十分惊讶，心中暗想道。我本来有些生气，准备马上离开，却还是留了下来，因为我不相信她真会如此，希望是我错怪了她，期盼着从她口中能说出一句让我感到宽慰的话，并且……谁知道我还期盼什么呢？

这期间，聚会的人已经到齐了：有身着参加佛朗茨一世①加冕仪式时的全套盛装的F男爵；有宫廷顾问R和他的聋子太太，在这种场合他被郑重地称为封·R大人；还有捉襟见肘的J，他那满是窟窿的老古董礼服上打着许多新补丁。聚在一起的就是这样的人物。我与其中认识的人攀谈，他们却全都做出一副爱搭不理的样子，我想……我只留心着B小姐，完全没有注意到女人们凑到大厅的一角叽叽咕咕，男人们后来也是如此，而封·S夫人则一个劲儿地在对伯爵说些什么（这些都是B小姐事后告诉我的）。直到伯爵向我走来，把我领到一扇窗户前。

"您了解我们所处的这个特殊环境。"他说，"参加聚会的这些人对您的在场感到不满，尽管我本人说什么也不想……"

"阁下，"我截住他的话，微笑着说道，"请您原谅，让您为难了，我早该想到才对啊。不过，我知道您会恕我失礼的。我原本早就打算告辞，却被一个幽灵留住了。"然后向伯爵鞠了一躬。

伯爵紧紧地握我的手，意味深长。我默默地走出了一群贵族聚会的大厅，在门外叫了一辆轻便马车，向M地急驶而去。在连绵起伏的群山环抱里，我一边欣赏落日，一边读我的荷马，聆听他吟唱奥德修斯如何受好客的牧猪人款待……一切都是多么的美好啊!

傍晚的时候，我回到了公寓，客厅里只有几个人在那儿掷骰子，情绪激动得把桌布都掀了起来。这时，为人真诚的阿德林走了进来，他脱下帽子，靠近我低声说道：

"你碰钉子了？"

"我？"我问。

"是呀，伯爵把你从聚会上赶出来了。"

"见他们的鬼!"我说，"我倒宁愿出来呼吸新鲜空气哪。"

"你一点也不在乎，这就好了。"阿德林说道，"可是，令人讨厌的是，现在这件事已经闹得沸沸扬扬了。"

直到这个时候，我才意识到事情有些不妙。突然，我有种不自在的感觉，环顾四周，原来所有来进餐的人都在看着我!

　　真令人烦恼啊！无论我走到哪里，人们都会向我投来异样的目光：同情、嘲讽、幸灾乐祸。甚至到今天仍然如此。我听见一些原本就嫉妒我的人扬扬得意地说："那些妄自尊大的家伙会有怎样的下场，这下瞧见了吧！不要凭着一点小聪明就以为自己了不起，把一切都不放在眼里……"面对铺天盖地的冷嘲热讽，我真恨不得抓起一把剑，深深地刺进自己的胸膛。或许你们会用"不用理睬、走自己的路"等诸如此类的话来劝解我，可是，换成是你们，有多少人能忍受占了上风的无赖们对自己说三道四？更令人烦恼的是，如果他们是凭空捏造的那倒罢了，可他们说的却是……唉！

①佛朗茨一世（一七〇八——一七六五），德意志"神圣罗马帝国"
　的皇帝，一七四五年加冕。

　　三月十六日

　　最近不知怎么了，什么事都让我生气。今天在大街上遇见B小姐，我们避开人群之后，我对她那天在聚会上的态度表示不满。

　　"哦，维特，"她语气亲切地说，"你是了解我的，怎么可以这样看待我当时的尴尬不安呢？从我走进大厅的那一刻起，我就为你感到难过啊！我已预感到将会发生什么事，无数次想提醒你，只是话到嘴边却始终没有说出来。我知道，封·S和封·T宁愿带着她们的丈夫离开，也绝不肯和你在一起，而伯爵也不好得罪这些世袭的贵族们……现在可热闹啦！"

　　"现在怎么啦？"我急切地问道，并竭力掩饰着内心的恐慌。此刻，我想起前天阿德林在客厅里告诉我的一些事情，禁不住心跳加快、脉搏加速、血液急速地流动。

　　"你害得我好苦啊！"说这话的时候，可爱的B小姐眼里竟满是泪水。

　　我有些控制不住自己的情绪，几乎是哀求道："究竟发生了什

么事，请说出来吧！"

眼泪顺着她的脸颊淌下来，我完全失去控制，跪倒在她的脚下。她并没有试图掩饰自己，只是用手绢擦了擦眼泪。

"当时，我的姑妈也在场，"她开始说，"她是以怎样的目光盯着你呵！维特，我好不容易才熬过了昨天晚上，今天又因为和你交往而遭到一顿训斥，还不得不听她贬低你，却丝毫不能为你辩解。"

她的每一句话都像一把利剑，深深地刺痛了我的心。她完全不明白，如果她不告诉我这一切，对我来说是多么大的仁慈。她还以真诚同情的语调告诉我有些什么样的流言蜚语、哪些人因此幸灾乐祸，说那些一直指责我目中无人的家伙乐不可支，对我遭受到报应更是心花怒放……听着听着，我的呼吸急促起来，脉搏疯狂地跳动，愤怒使我感觉血液就像要喷射而出，就是现在也仍然怒火中烧。那个时候，我真希望谁有胆量站出来，公开地指责我，我便可以给他一剑，也许鲜血会平息我心中的怒火。噢，曾经无数次，我恨不得用利剑刺破自己的胸膛，把这些日子以来积郁在心的闷气释放出去。据说有一种十分珍贵的马，当它狂奔不已时，便会本能地咬破自己的血管，呼吸就会平缓下来。现在的我如同这种疾驰的马，渴望着划破自己的动脉，让躁动不安的灵魂获得永恒的自由。

三月二十四日

我已经向宫廷提交辞呈，但愿能尽快得到批准。这件事没有事先征得你们的同意，希望不要责怪我。我知道你们准备说些什么话来挽留我，但这里的一切都已结束了，我去意已决。此外，请你把我辞职的事尽可能委婉地告诉我母亲，我实在不知该如何面对她，既然不能使她满意，那就只有求得她的原谅了。我想，母亲得到这个消息后一定会难过的，在她看来，已经做了枢密顾问的儿子，他的未来就是成为公使，但美好的前程却就此断送了！唉，随你们怎

么想，随你们说出多少我应该留下的理由，反正我是非走不可了。

离开这里之后，我将去向何方呢？告诉你吧，有一位侯爵很乐于与我交往，当他得知我打算辞职后，便邀请我去他的猎庄，和他共度一个阳光明媚、鸟语花香的春天。我和他在某些方面都有共识，能够相互理解，我想碰碰自己的运气，决定到时候随他一块儿去。

补　记

四月十九日

谢谢你的两封来信。请你原谅，给你的回信我一直没有发出去，一是因为在等辞呈批下来，二是担心母亲过早知道此事会去找部长，使我的计划落空。眼下一切都好了，什么事都过去了，辞呈已经摆在我面前。我不想过多地告诉你们，宫廷是多么不愿意批准我的辞呈，以及部长在信中写了些什么，否则你们又该抱怨我了。亲王赠予我二十五个杜卡盾作为补偿，我感动得几乎掉下泪来。请告诉我母亲，我最近的一封信中要的那笔钱就不必寄来了。

五月五日

我明天就将离开这儿，随侯爵去他的猎庄。我们途经的某地距离我故乡只有六英里，我打算回去看看，重温往昔那充满幸福梦想的日子。当初，我的父亲去世以后，母亲带着我离开了美丽的家园，置身于牢笼般的城市，如今我将走进那道我们曾经离开的家门。

再见，威廉，我沿途会给你写信的。

五月九日

怀着朝圣者的虔诚，我结束了我的故乡之行，某种温馨的情感从我心底油然而生。

　　乘车出发向S地走大约一刻钟，那里有一株硕大的菩提树，我要车夫停下来，然后下了车，并让邮车开走了。我准备步行回到儿时的地方，细细品味周围的景色，慢慢唤起对往事的回忆。站在菩提树下，想起小时候曾无数次散步到这里，不禁感慨万千，真是世事无常啊！当初，无忧无虑的我多么渴望奔向外面的世界，去寻找丰富的精神食粮、无尽的人生快乐，使焦躁不安的心得以平静、获得满足。到如今，我从广阔的世界里归来，希望却已经一个个破灭，理想也消失殆尽。

　　那些山峰仍然突兀地耸立在荒野中，我曾经多么渴望登上山巅，看看山那边的景色。儿时的我曾经连续数小时坐在菩提树下，心儿却早已飞越山巅，神游在高山之外的森林和峡谷，感觉是那么亲切温馨、神秘莫测，而每当该回家的时候，我总是恋恋不舍，不愿离去。

　　城市渐渐出现在眼前。看着那些古老而熟悉的花园房屋，我感到快乐无比，而那些新修的建筑却令我反感，一如其他所有人为的改变。踏入城门，一股强烈的情感从我心底涌起：我回家了！威廉，一切对我来说都是那么富有魅力，可我不想细谈自己的感受，因为这个时刻任何语言都显得苍白。我决定下榻在市集广场附近，那儿紧靠着我家的老房子。在城中四处漫步，我看见了童年时代的教室，不禁让我想起那位认真的老太太——我的老师，回味起在这间小屋里经历的不安、迷惘和恐惧。如今这儿已经变成一家杂货铺。呵，几乎每走一步，都有可以吸引我注意的东西，即使是一个朝圣者来到向往的圣城，也不会如我有这么多值得纪念的地方，也很难有如我这般神圣的情感。在此，我从这次无数的经历中选取一例为证。

　　我沿河而下，来到一个农场，从前我也常来这儿玩耍，男孩子们在附近的河边用扁平的石块打水漂儿。我还清楚地记得，孩提时的我站在岸边，望着轻轻流淌的河水，目送着它奔向远方，心中充满了奇妙的感觉，脑海里想象着河水流经的那些不可思议的地方；尽管我的想象力有限，但仍然努力着，直到忘情于一个遥远的地方。我的朋友，我们的祖先尽管孤陋寡闻，但却非常幸福，他们的情感和诗歌是那样的淳朴天真——当奥德修斯谈起无限的大海和无边的大地时，是多么真挚、幼稚和神秘啊！现在，尽管我可以告诉每一个孩子地球是圆的，可对我有什么意义呢？一个人只需要小小的一块土地就可以安居乐业了，而人的安息之所需要的地方就更小了。

眼下我已住进侯爵的猎庄。

侯爵待人真诚随和，比较好相处，但他周围的人却有些令人琢磨不透。他们似乎并非奸诈之徒，但也不像什么正派人，有时我觉得他们是诚实的，但仍然难以信赖他们。侯爵最令我感到不快的是，时常人云亦云，喜欢高谈阔论。

侯爵看重我的智慧和才气，胜过看重我的这颗心。而我唯一的骄傲就是我的心，它是我一切力量、幸福、痛苦以及其它所有一切的唯一源泉！我所知道的谁都可以知道，唯独这颗心为我所独有。

五月二十五日

我曾有过一个计划，在实现它之前本不想告诉你，不过现在已经无法达成心愿了，告诉你也无妨。

我曾经想去从军！这个想法在我心中由来已久，我之所以愿意随侯爵来到这里，主要目的就在于此，因为他是一名现役将军。有一天我们一起散步时，我告诉他我的打算，但侯爵却劝我打消这个念头，除非我真的有此热情，而不是一时胡思乱想，否则一定要听从他的规劝。

六月十一日

威廉，随你怎么说我，反正我在这儿待腻了，整天感到烦躁不安，我得走了。我继续留在这儿干嘛呢？每天都显得那么漫长，心里难受极了。侯爵待我好得不能再好，但我们之间缺乏共同语言，这让我感到很不自在。侯爵在很多方面都有兴趣，并具备一定的理解力，不过是平庸的理解力，与他交谈带给我的愉悦，不见得比读一本好书多。我准备再待八天，然后四处漂泊。这些日子以来，我在这里所做最有意义的事就是画画。侯爵颇具艺术感受力，不过，要是他的思想不局限于讨厌的概念和流行术语，他对艺术的理解会更深刻一些。曾有很多次，正当我兴致勃勃地与他谈论着自然与艺术，他却突然从嘴里冒出一句术语，害我顿时兴趣全无。

六月十六日

唉，我不过是个漂泊者，一个地球上来去匆匆的过客，你们不也是吗？

六月十八日

你问我打算去哪里？我还得在这儿逗留十四天，然后准备去参观X地的一个矿井。不过，实话对你说吧，去不去矿井并没有什么关系，我的目的是想借此机会离夏绿蒂近一些。写到这儿，我自己也不禁哑然失笑，笑我这颗心太痴狂，但我愿意这么纵容它。

七月二十九日

噢，这样很好，没有什么比这样更好的了！我……她的丈夫！上帝啊，你创造了我，假如你能够再赐予我这样的幸福，那我将用我的一生来侍奉你。我无力与命运抗争，饶恕我的眼泪吧，饶恕我的痴心妄想吧——让她做我的妻子！如果我能够拥有这个世上最可爱的人儿，即使我……

每当看见阿尔伯特搂着她的纤腰，威廉啊，我的全身都会禁不住战栗。

　　可是，威廉，事情原本不该这样的啊，为什么我不能说出真相呢？她和我在一起比和他在一起更幸福！他不是那种能满足她心中所有愿望的人，他的心不敏感，缺乏某种……你自己去体会吧。总而言之，在读到一本好书时，或者当我们对某种行为发表感想时，他不会产生强烈的共鸣，完全不像我和夏绿蒂那样。亲爱的威廉，尽管他一心一意地爱着她，但他的爱可以用任何别的东西来报偿啊！

　　一个讨厌的来访者打断了我。我的泪水已干，我的心儿已乱，再见吧，我的朋友！

　　八月四日

　　这个世界不只我一个人有这样的处境啊！许多人都感到失望，许多人都遭到命运的欺骗。

　　还记得我在菩提树下遇到的那位贤慧妇人吗？我去看望了她和她的三个儿子，她的家就在那附近。远远地望见我，她的大儿子就连忙跑过来迎接。听到孩子的欢叫声，那位妇人从屋子里走了出来，脸上写满了忧伤。她对我说："先生，我的汉斯死了。"汉斯就是她最小的儿子。我无言以对。"还有我的丈夫，"她继续说，"他两手空空地从瑞士回来了，要不是遇上一些好心人，他不讨饭回家才怪哪。唉，回来的路上他又得了寒热病。"我不知该说些什么来安慰她，只是给了她孩子一些钱。她送给我几个苹果，我接受了，然后带着忧伤的回忆离开了那个地方。

　　八月二十一日

　　人的命运真是瞬息万变啊！有几次，我的眼前闪现出生活欢愉的光辉，只是转瞬即逝！每当我陷入幻想之中，便不禁会产生这样的想法："要是阿尔伯特死了，一切又将怎样呢？哦，是的，她一定会……"随后，我便开始胡思乱想，直到走到悬崖边缘，吓得浑身战栗着往后退。

我走出门去，来到当初接夏绿蒂参加舞会的那条林荫路上。我走啊走啊，想要寻觅那曾经熟悉的一草一木，可是一切都已物是人非，一切都如过眼云烟。昔日的景致没有留下一丝痕迹，我的心境恰如一个重返古堡的幽灵；他曾经贵为地位显赫的王侯，精心建造了这座古堡，为它增添富丽堂皇的奢华装饰，临终时又满怀希望地把它托付给爱子；可故地重游时，却发现往昔金碧辉煌的古堡，已成了一片废墟。

九月三日

有时，我真的无法理解，除了我，别人怎么能够去爱她，怎么可以去爱她？要知道，我爱她是爱得如此专注、如此深沉、如此忘我。除了爱她，我一无所知、一无所想、一无所求啊！

九月四日

正如季节已进入秋天，我的心中也是一派秋意，我的树叶即将枯萎，而邻近我的树木已经落叶飘零。

我刚到瓦尔海姆的时候，曾经对你谈起过一个青年农民，这次我来这里后又打听到他的消息。人们只是告诉我他已被解雇，除此之外就什么也不肯说了。昨天，在通往邻村的路上，我恰好遇见他，我们聊了起来。他给我讲了他的故事，如果我现在告诉你他的一切，你将会理解我为何感动不已。可是，我为什么要讲他的故事，为什么不把所有令我伤感的事藏在心里，而让你和我一样难受呢？为什么我要给你无数次的机会让你来怜悯我呢？唉，随它去吧，我还是要告诉你，这也许就是我的命吧！

经我询问，这位青年农民才带着几多哀愁——也许还有几分羞怯，讲起了他的故事。不过他一开口，就仿佛突然重新认识了自己，态度变得十分坦率，还承认了自己所犯的错误，并抱怨自己的

不幸。威廉，现在请你来做出判断吧。

他承认，不，他是在倾诉，带着一种回忆往事时甜蜜而又幸福的神情。他对女主人的感情与日俱增，到后来变得六神无主、坐卧不宁，吃不下、睡不好，不知道自己该说什么、该干什么。不该他做的活儿他做了，该他做的又给忘了，一天到晚就像着了魔似的。直到有一天，当她一个人在阁楼上的时候，他便跟了过去，更确切地说是被吸引了过去。可是，她怎么也不肯接受他的请求，情急之下，他也不知自己是怎么回事，竟然想对她动起粗来。不过，上帝作证，他对她心怀坦荡，别无其它欲念，只是想娶她，一起度过以后的每一天。他慢慢地讲述着他的故事，在说了很长一段时间之后，他变得有些犹疑，似乎想说什么可又不好意思说出来。后来他还是难为情地向我坦白，她允许他对她做出一些小小的亲热动作，同意他们做朋友。后来，他曾两三次中断叙述，反复申明他讲这些不是想败坏她的名誉，他仍像过去一样敬重她、爱她，如果不是为了让我相信他并非一个失去理智的人，他绝不会告诉我这些事。

我的朋友，我又要老调重弹了：当时的情景，直到现在都还清晰地印在我的脑海里，假如我能让你想象出他的样子，那该多好啊！假如我能准确地向你讲述一切，让你感觉出我是多么同情他，那该多好啊！威廉，你了解我的人生经历，也了解我，你应该清楚究竟是什么使我的心向着不幸的人，尤其是这位年轻人。

重读这封信时，我发现忘了告诉你故事的结局，不过我想那是很容易猜到的。他的女主人最终还是没有接受他，她的弟弟也插手了这件事。其实，女主人的弟弟恨他恨得不得了，早就想把他赶走，生怕自己的姐姐一旦结婚，他的孩子们就会失去财产继承权。不过，因为她没有孩子，他的孩子们看起来的确大有希望。她的兄弟不仅赶走了这个年轻人，而且还向外大肆张扬，弄得她即使再想让他回去也不可能了。现在，她已经另外雇了一个人，而为了这个新来的年轻人，据说她又和自己的弟弟吵翻了，人们断定她会嫁给他，但她的弟弟却坚决反对。

我所讲的一切绝无夸大，也没有任何刻意粉饰，反倒是由于我们习惯了使用文雅的语言，使得故事失去了原有的韵味，没有他讲述得那么来劲儿了。

这样的爱情，这样的执着，这样的诚挚，绝不是诗人可以杜撰出来的。如此纯朴的情感，只有在那个我们称之为没有教养的、粗俗的阶层中才能找到，而我们这些所谓有教养的人却永远无法得到。威廉，恳求你了，好好地读读这个故事吧。今天因为重温了这个故事，我的心情格外平静，你从我的字迹上也看得出，我不像以往那么心慌意乱。仔细地读吧，亲爱的威廉，并想着这也是你朋友的故事。难道不是吗？我的遭遇和他一样，过去如此，将来也如此，只是和这位不幸的人比起来，我的勇敢和坚决还不及他的一半，我甚至没有拿自己和他相比的勇气。

九月五日

夏绿蒂的丈夫去乡下办事要回来了，她留了一张便条给他，开头是这样的：

"亲爱的，我的好人，快回来吧，我怀着无比喜悦的心情期待着你。"

不久，一位朋友带来消息，说阿尔伯特还有些事务未处理，不能马上回来，这张便条就一直摆在桌上。当晚，我看见这张便条，一边读一边微笑起来，夏绿蒂诧异地问我笑什么。

"人的想象力真是神赐予的最好礼物，"我脱口而出，"恍然间我以为这是写给我的。"

她沉默不语，似乎不太高兴，我也只好不再说下去。

九月六日

我终于下定决心扔掉那件黑色燕尾服。我第一次带夏绿蒂跳舞

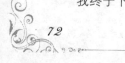

时就是穿着它，虽然样式简朴，但我十分珍视它，经常穿在身上，到如今已经变得陈旧不堪。我请裁缝完全照着它的样式又做了一件，一样的领子、袖口，再配上一样的黄色背心和裤子。但新做的总是不那么令我感到称心如意，不知道是不是……我想，也许穿一段时间会好些吧。

九月十二日

她出门了几天，去接阿尔伯特回来。今天我一踏进她的房间，她便欢快地迎了上来，我高高兴兴地吻了她的手。

一只金丝雀从梳妆台旁飞过来，落在她的肩上。

"一个新朋友，"她一边说，一边让鸟儿跳到自己手上，"是送给小家伙们的。瞧，多可爱！每次喂它面包，它都扑闪着翅膀，小嘴吃起东西来可真灵巧。它还会和我亲吻呢，你瞧。"

她逗着小鸟，鸟儿果真将小嘴凑到她的嘴唇上，仿佛知晓那是一种幸福的享受。

"让它也吻吻你吧。"夏绿蒂说道，同时把金丝雀递了过来。

小鸟在她的嘴唇和我的嘴唇之间搭起了一座桥梁，和小鸟的嘴轻轻一触，我仿佛吸吮到她的芬芳，心中顿时感到甜美无比。

"鸟儿和你亲吻并非毫无欲求，"我说，"它在寻找食粮，只是让它吻一下，它会失望而去的。"

"它也会从我的嘴里啄东西吃，瞧。"她一边说，一边用嘴唇衔着面包屑，让鸟儿欢快地在上面啄食。在她的嘴唇上，洋溢着幸福快乐的笑意。

我转过头去，不敢再看。夏绿蒂不该这么做啊！如此天真无邪而又令人销魂的场景刺激着我敏感的神经，引起我产生无限的遐想，把我这颗已被生活的冷漠折磨得沉睡的心又重新唤醒。她真的不该这么做啊！可为什么不该呢？她是如此信赖我，而且她知道我是多么爱她啊！

九月十五日

威廉，我都快气疯了，世上有价值的东西本已不多，而人们居然不懂得珍惜。你还记得那两株美丽的胡桃树吗？就是我和夏绿蒂去拜访过那位善良的老牧师家的胡桃树，我们还曾在树下乘凉聊天呐！每次想起这两株胡桃树，我心中便会充满无比巨大的快乐。它们枝干高大挺拔，树叶浓密舒展，把牧师家的院子变成幽静、凉爽的世界。看着这两株树，不禁使人想起许多年前种植它们的两位可敬的牧师。乡村学校的一名教师向我们介绍了其中一位牧师的名字，这还是他从他祖父那儿听来的。人们都称赞这位牧师是个很好的人，每当走到树下，对他的怀念之情便油然而生。然而，昨天那位教师却泪流满面地告诉我，这两株树已经被砍了。

砍了！我的肺都要气炸了，恨不得把那个砍第一斧头的东西给宰啦！唉，我这个人，性情就是如此，即使看见自己院子里有一株树快老死了，也会难过得不得了。不过，亲爱的朋友，可以稍稍感到一点欣慰的是，人终归是有感情的，全村老小都在谴责这件事。

砍树的罪魁祸首是新牧师的太太（我们去拜访的那位老牧师已经去世了），人们向她扔奶油、鸡蛋以及别的东西，我真希望她能从中得到悔悟，清楚她给整个村子造成了多大的伤害。这位牧师太太是个瘦削而多病的女人，她有千万个理由不喜欢这个世界，而这个世界也没有人喜欢她。这个自诩博学的愚蠢女人，居然还混入研究《圣经》的人群中，大肆鼓吹要对基督教进行一次全新的、合乎道德的改革。她对拉瓦特尔的狂热不以为然，而且健康状况也糟糕透了，因此，可以说她在人世间毫无欢乐。我想，也只有这样的人，才可能干出砍树这么罪恶的勾当。瞧，我心中真是怒气难消！想想吧，美丽的胡桃树之所以遭受如此深重的厄运，仅仅是因为树叶掉下来会弄脏她的院子、树枝会挡住阳光、胡桃熟了孩子们会扔石头去打下来，等等。据说这些都有害于她的健康，妨碍她专心思

考，使她无法集中精力在肯尼柯特①、塞姆勒②和米夏厄里斯③之间进行比较分析。

看村民们——特别是老人——如此愤懑不平，我不禁问："当时你们怎么不阻止，竟任由他们砍呢？"

他们回答说："在这个地方，村长想做什么，谁也阻拦不了。"

原来如此。不过，事情的结果倒是很公平的。牧师未曾从太太的怪癖中尝到过什么甜头，这次却想捞点好处，打算与村长平分卖树的钱。谁知镇长听说了此事，就要他们把树运过去，因为牧师房子的产权属于镇上，那两棵树自然也归镇所有。镇长将胡桃树卖给了出价最高的人。哼，他们肯定在想反正树都已经砍了！噢，可惜我不是侯爵，否则我一定将牧师太太、村长和镇长都给……侯爵？可我要真是侯爵，还会关心领地里的那些树木吗？

①肯尼柯特（一七一八——一七八三），英国神学家。
②塞姆勒（一七二五——一七九二），德国新教神学家。
③米夏厄里斯（一七一七——一七九一），德国神学家和东方学家。

十月十□

每当看见那双黑色的眼眸，我的心就会欢欣雀跃。然而，令我感到不安的是，阿尔伯特似乎并不那么幸福，不像他所希望的……也不像我所认为的……要是换成了我……

我本不喜欢用省略号，但我无法用别的方式表达内心的想法。即使如此，我想也说得够清楚明白的了。

十月十二日

我的心中已经没有了荷马，只有莪相的诗。这位杰出的诗人为我展现了一个多么辉煌的世界啊！

我漂泊在荒野里，四周狂风呼啸。忽然，在朦胧的月光下，狂风吹开了浓雾，显现出先人的幽灵。从密林深处传来的阵阵涛声中，还夹杂着幽灵的呜咽哭泣声，以及伤心欲绝的少女，在她的爱人——那高贵的战死者——长满青草的坟茔前绵绵不尽的哭诉。蓦然间，我看见了他，看见了在荒野里寻觅先人足迹的白发吟游诗人，可他的目光触及的却只是他们的墓碑。诗人仰望着星光璀璨的夜空，发出深深的叹息。

夜幕中，闪亮的星星即将沉入波涛汹涌的大海，往昔的光辉岁月栩栩如生地浮现在诗人眼前。这温柔的星光也曾照亮勇士们的险途，这清朗的月光也曾辉耀英雄们凯旋归来时挂满花冠的战船。在白发诗人的眉宇间，我看到了人类最深刻的苦痛，这世间最后的孤独伟人，一边感受着已故的亲人们虚幻的存在所带来令人灼痛的欢乐，一边精疲力竭地向着自己的坟墓蹒跚而去。面对着广漠冰冷的大地和在狂风中如波涛般起伏的野草，他大声呼喊道："有一个漂泊者将会来到这儿，他见证过我美好的青春。他将会问：'那位歌者在哪里？芬戈尔①非凡的子嗣在哪里？'他将在茫茫大地上四处寻觅我的踪影，他的脚步将踏过我的坟墓，但他却永远无法找到我。"

啊，朋友，但愿我能像忠诚的卫士一样，拔剑结束我心中这位君王的生命，以免他遭受慢慢死去的痛苦；然后，我的灵魂将追随他而去。

①芬戈尔，相传为苏格兰国王，莪相的父亲。

十月十九日

多么空虚呵，我的心感到一种可怕的空虚！啊，哪怕能够把她拥在怀里一次，仅仅一次，所有的空虚都会消失殆尽。

十月二十六日

我的朋友，我确信，而且越来越确信，一个人的生命是微不足道的，一个人的价值是非常渺小的！夏绿蒂的一个女朋友来探访她，我便退到隔壁房间，随便取了一本书来翻阅，却怎么也读不进去，又拿起一支笔想写点儿什么。这时，我听见她们低声说话的声音，说的都是一些无关紧要的事，比如谁结婚了、谁生病了、病情怎样之类。

"她现在总是干咳，瘦得很厉害，颧骨看上去变得很高，还常常晕倒，我看活不了多久了。"女朋友说。

"N·N的情况也一样糟糕。"夏绿蒂说。

"他已经浮肿了。"女朋友补充道。

……

听着她们聊天，我想象自己来到了那两个可怜人的病榻前，看见他们痛苦地挣扎，眼神中流露出对生命的无限留恋……

可是，两位小姐却满不在乎地谈论着他们，就像谈论素不相识的人！我环顾四周，打量着所在的房间，看着夏绿蒂的衣裙、阿尔伯特的文书、我十分熟悉的家具和墨水池，联想到她们的谈话，不禁感慨万千，在心里对自己说："瞧，你现在对这个家庭来说多么重要啊！真是太重要了！朋友们敬重你，你时常带给他们快乐，而你心里也似乎觉得离开了他们就活不下去。然而，假如你这时离去，从他们的生活中消失，那么，他们有多长时间会因为失去你而感觉生活有所缺陷呢？多长时间？唉，人生无常啊！人甚至在最有把握确信自己存在的地方，在留下自己存在的唯一印记的地方，在最亲爱的人的记忆里，在他们的心中，也注定了会消失、被遗忘，而且如此之快！"

十月二十七日

一个人的存在对另一个人来说竟然如此微不足道，每当想到这些，我常常恨不得剖开自己的胸膛、砸破自己的脑袋。唉，威廉，

如果我没有带给他人爱情、快乐、温暖和幸福，他人也一定不会给予我什么。而且，即使我心里充满着快乐和幸福，也无法使一个冷若冰霜的人感到快乐和幸福啊。

当天夜晚

即使我有更旺盛的生命力，对她的狂热激情也会把我吞噬；即使我有更多的天赋，没有她一切也都将化为乌有。

十月三十日

曾经有过上百次，我几乎就能拥抱她了！仁慈的主啊，当心爱之物摆在一个人的面前，他却不能伸手去取，心中可有多难受啊！攫取本是人最本能的欲望，婴儿不总是喜欢伸出小手去抓喜欢的一切吗？可我呢？

十一月三日

夜晚上床的时候，我常常怀着这样一种期待，有时甚至是一种渴望：不要再醒来了吧！第二天清晨，当我睁开双眼，又见到光芒万丈的太阳，那种难受的滋味简直难以言说。唉，在心情不好的时候，要是我能怨天尤人，也不会那么难受了。可悲啊，千真万确的是，一切的过错全在于我自己！正如我的一切幸福根源于我自己，我的一切痛苦也根源于我自身。当初，我满怀喜悦的心情四处游历，足迹走到哪儿，哪儿就是我的天堂，心胸开阔得可以容纳整个宇宙。难道这个我和现在的我不是同一个人吗？可如今我的心已死去，再也涌流不出欢愉的清泉，我的眼泪已经枯竭了，再也没有滋润心田的甘露，额头上更是爬满了可怕的皱纹。我陷入极度的痛苦之中，因为我已失去生命中唯一的欢乐，失去唯一能振奋我的力量，一种鼓舞着我去创造属于我的心灵世界的力量，如今它却荡然无存！

眺望窗外，远处的山冈上一轮红日高悬，强烈的阳光穿越浓雾，洒满绿草遍野的大地，柳枝上落叶纷飞，一条蜿蜒的小河缓缓流淌……呵，要是如此美丽的景色在我眼中变得就像死画似的呆滞，不能再愉悦我的心，无法再让我的心产生丝毫幸福的感觉，那么，在万能的上帝面前，我不就成了一口干涸的井、一个无底的桶吗？我常常匍匐在地，泪流满面地祈求上苍，如同顶着烈日、跪在干裂的土地上祈雨的农夫一样。

唉，我知道，上帝绝不会因为我们苦苦哀求就赐予我们雨露和阳光！可是，那些如今令我感到痛苦的过去时光，当初为什么又让我感到如此幸福呢？那时的我耐心地期待着上帝的召唤，满怀感激地沐浴在他所赐予的欢愉中。

十一月八日

她责备我不知节制，不该每次端起酒杯来就非喝一瓶不可，语气是那么温柔、亲切。

"别这样。"她说，"想想你的夏绿蒂吧！"

"想！"我反驳道，"还需要你叫我想吗？我一直都在想你——不仅是想——你时刻都在我心里。今天，我坐在你不久前从马车上下来的那个地方……"

她引开了话题，不让我继续说下去。威廉，我算完了！她想怎么处置我就怎么处置，完全左右了我的一切。

十一月十五日

谢谢你，威廉，谢谢你的理解，谢谢你的忠告，请不必担心。让我继续忍受吧，尽管我已疲惫不堪，但仍然有足够的力量支撑到底。你知道，我尊重宗教信仰，我认为它可以是虚弱者的拐杖、奄奄一息者的兴奋剂。不过，它对人人都能产生同样的作用吗？它必须对人人都产生作用吗？你看看这个世界，对成千上万的人来说，无论是旧教还是新教，宗教的作用并非如此，而且将来也不会如此。难道我一定得依靠宗教的帮助吗？圣子耶稣不是说，只有那些天父交给他的人才能亲近他吗？假如天父没有把我交给他，那该怎么办？假如像我所感觉的，天父希望把我留给自己，又该怎么办？

请你别误解，不要把这些肺腑之言当成讽刺，我对你完全是坦诚的，否则我宁愿沉默，也不愿开口说这些让大家都感到不快的话。人注定要受尽自己那份罪、喝完生命那杯苦酒，不是吗？既然上帝尝了一口都觉得那酒太苦，为什么我还要充好汉，强装作喝起来甜呢？此刻，我的整个生命在真实与虚无之间战栗，过去像闪电般照亮了未来的黑暗深渊，周围的一切都在沉沦，世界也将随我一同走向毁灭。在这可怕的时刻，我还有什么可掩饰的呢？那个孤独的、被人所害的天父之子，在最后一刻不也是从内心深处发出呼喊："上帝啊，上帝！你为什么抛弃我？"那么，我为何还要羞于流露自己的情感，还要害怕连万能的神之子都不可逃避的死亡呢？

十一月二十四日

她没有意识到，她正在酿造一种毒酒，把我和她一起毁掉，而我竟满心欢喜地接过她递来的酒杯，将这置我于死地的玉液一饮而尽。为什么她常常——是"常常"吗？不，应该是"有时候"——为什么有时候她要那么温柔地望着我，要欣然接受我自然的情感流露，要表现出对我的痛苦的理解？

昨天，我离开的时候，她握着我的手说："再见，亲爱的维特。"

亲爱的维特！长久以来，这是她第一次称呼我为"亲爱的"，我像触电般感觉周身的筋骨都酥软了。我反反复复地念着这句话，到晚上临睡觉之前，还自言自语地嘀咕了好一会儿，最后竟从嘴里冒出一句："晚安，亲爱的维特。"说罢不禁哑然失笑。

十一月二十二日

尽管我不能向上帝祈求"让她成为我的吧",但我却感觉她就是我的;我也不能祈求"把她给我吧",因为她属于另一个人。当我痛苦难耐的时候,我会用理智克制自己,然而一旦松懈下来,我又会抛却理智,任由自己陷入痛苦的情感中。

十一月二十四日

她感觉到了我内心深处的痛苦!今天她对我的一瞥,深深地打动了我的心。当时只有她一个人在,她久久地望着我,我们默默无语。如今,她那动人的妩媚、智慧的光辉,都已在我眼前消失,令我目眩神迷的是她那无与伦比的美好目光,是一种包含着无比深切的关怀、无比甜蜜的怜悯目光。为什么我不可以拜倒在她的脚下,为什么我不可以搂住她的脖子,以无数的亲吻来报答她呢?我注视着她,眼神中充满了渴望。她避开了我的目光,坐到钢琴前,伴随着优雅的琴声,用她那甜美、婉转的歌喉,轻轻地唱了起来。我从未见过她的唇如此迷人,它微微地翕动着,恰似啜饮清泉一般地吟唱着一个个美妙的音符,并在她口中发出神奇的回响。哦,如果我能用文字清楚地向你描述这一切该多好呵!我再也无法继续忍受这样的煎熬。我对自己发誓说:可爱动人的嘴唇呀,我永远也不会冒昧地亲吻你,因为你是至高无上的神灵的所在啊!然而,我……我渴望……啊,它就像是竖立在我灵魂之前的一堵高墙,为了幸福我必须翻越……然后,我将在地狱里赎我的罪过——是罪过吗?

十一月二十六日

有时,我对自己说:"你的命运就这样了,祝福别人都幸福吧!要知道,还没有谁像你这样受尽苦难。"我朗读着诗人①古老的诗歌,渐渐地,仿佛窥见到了自己的心。唉,我要受的罪还有很多很多啊!上帝,难道在我之前的人都像我一样不幸吗?

①指莪相。

十一月三十日

噢，今生我注定振作不起来了！无论我走到哪里，都会遇见令我烦恼不安的事，比如今天。啊，命运！啊，人啊！

中午的时候，我没有心情回去吃饭，便沿着河边散步。冬季已经来临，周围景色一片荒凉，湿冷的西风使劲吹着，灰色的雨云飘浮在峡谷的上空。远远地，我望见一个人在岩石间爬来爬去，像是在采摘什么东西。我走到近旁，他听见脚步声后转过身来。他穿着破旧的绿色外套，样子十分怪异，脸上的神情写满了难言的悲哀，看起来是个诚实善良的人。他的头发是黑色的，在头顶挽了两个卷儿，并用簪子别住，其余的则编成一条大辫子拖在身后。从衣着上看来，他是个地位低下的人。我想，他是不会介意我向他问话的，于是上前与他搭话，问他在干什么。

"找花呀，"他长叹一声回答道，"可一朵花儿也没有。"

"现在可不是采得到花的季节。"我微笑着说。

"花我倒是多得很，"他边说边从岩石间走下来，"在我家园子里长着玫瑰和两种忍冬花，其中一种是我爸送我的，长起来就跟野草一样快，我已经找了它两天了，就是找不到。这里也总是开满了花，黄的、蓝的、红的，还有矢车菊，那小花才好看哩，但我就是一朵也找不到……"

我觉得事情有点不对劲，便换了问题问他："你要这些花干嘛？"

他脸上的肌肉抽搐了一下，随即闪过一丝古怪的笑意。

"您可千万不要说出去，"他一边小声地说，一边把食指放在嘴唇上，"我答应要送给心上人一束花。"

"这很好嘛。"我说。

"呵呵，"他说，"她有好多好多东西，可有钱啦。"

"尽管这样，她一定还是很喜欢你送的花。"我顺着他说道。

"她有好多宝石哟，还有一顶王冠。"

"她叫什么呢？"

"唉，要是联省共和国①雇了我，我就是另外一个人啦。"他说，"有一阵子我过得挺不错，现在不行了，现在我……"

他抬起头来，眼泪汪汪地望着天空。一切全明白了。

"这么说，你以前幸福过？"我继续问道。

"唉，要是能再像那个时候就好了！"他回答道，"那个时候，我过得很愉快、舒适、自由自在，就像水里的鱼儿一样。"

"亨利希！"这时，一个老妇人大声喊着，沿着大路走了过来。"亨利希，我们到处找你，快回家吃饭。"

"他是您的儿子吗？"我走到老妇人身前问道。

"是呵。我可怜的孩子！"她说，"上帝惩罚我，让我背上这么一个沉重的十字架。"

"他这样多久了？"我问。

"像这么安静有半年了，"她说，"就这个样子还得感谢上帝呢。从前他一年到头都大吵大闹，只好用铁链锁起来，送进精神病院里；现在他不招惹任何人了，只像现在这样，总是和国王、皇帝们打交道。唉，从前他可是个善良又沉静的人，写得一手好字，还供养我的生活，后来突然变得不爱说话，脑袋里不知在想些什么，接着就发高烧，然后便疯了，成了你现在看到的这个样子。要是我把他的事情讲给您听，先生……"

我打断了滔滔不绝的老妇人，问道："他说他有一段时间很幸福，过得自由自在，这是怎么一回事？"

"这个傻小子！"她笑了笑说，声音中充满同情和怜悯，"他说的是神智不清的那段时间，他经常这么夸耀。当时他在精神病院里，精神完全失常了。"

这话犹如晴空霹雳般震撼着我，我塞了一枚银币在老妇人手里，然后仓皇地逃离了。

"只有那时你才是幸福的啊！"我情不自禁地大声说着，快步奔回城里。"那个时候，你自由自在犹如水中的鱼！上帝啊，难道人的命运注定就是如此：只有在丧失理智之后，才能感觉到幸福？可怜的人啊！但我又是多么羡慕你哟，羡慕你精神失常，思维紊乱！在寒冷的冬天，你竟满怀着希望来到野地，为心中的女王采摘鲜花！而我呢？来时毫无目的和希望，归去时也依然如此。你竟然还幻想着，要是成为联省共和国的一员，你将变成一个了不起的人！幸福啊，要是能像你一样把自身的不幸归咎于人世的种种阻碍！可怜的人啊，你无法了解，你的不幸原本就存在于你破碎的心中，存在于你被扰乱了的头脑里；而你的不幸，全世界所有的国王都无法为你消除。"

谁要是嘲笑一个病人到远方的圣泉去求医，说那只能加重病情、变得更受煎熬，谁就不得善终！谁要是蔑视一个人为摆脱良心的不安和灵魂的痛苦而去圣地朝拜，谁就不得善终！要知道，对这个朝圣者来说，他的脚在长满荆棘的路上每走一步，他的灵魂就会得到一滴镇痛剂；他每坚持向前方走一天，内心就会轻松一些。那些舒服地坐在软垫上高谈阔论的人，你们怎么能把这称作妄想？妄想！万能的造物主，仁慈的上帝啊，你看见我眼中的泪水了吗？你把人造得够可怜的了，难道还得给他一些兄弟，把他仅有的一点点东西——对你这博爱者的虔诚信奉——都夺走吗？要知道，信奉医治百病的仙草，信奉葡萄的眼泪②，就是信奉你，相信你能赐予我们战胜疾病和痛苦的力量，而我们无时无刻不需要这种力量。

我从未见过面的天父啊，你曾经使我的心灵感到充实而丰富，如今却转过身去，抛下了我！天父啊，召唤我吧，让我回到你的身旁！别再沉默，你的沉默使我这焦灼的心再也无法承受！难道一个父亲，在儿子归来并搂住他的脖子说"我回来了，父亲"的时候，他还能生气吗？请别生气，也不要发怒，假如我中断了人生之旅，没有如你所愿地苦捱下去。在这个世界中，人们含辛茹苦、劳碌奔

忙，而后才会得到报酬与快乐——但这一切现在对我有什么意义呢？只有在你的天国里，我的心才能安宁，我愿意在你身边吃苦受累、享受快乐。我仁慈的天父啊，难道你还要赶我走吗？

①联省共和国，指在反抗西班牙殖民统治的战争中，一五八一年荷兰北部七省成立了荷兰共和国，即尼德兰联省共和国；一六四八年荷兰独立。当时在德国人心目中，尼德兰是最富有的国家。
②指葡萄酒。

十二月一日

威廉，我在上封信中提及的那个人，就是那个幸福的不幸者，过去曾是夏绿蒂父亲的秘书。那时，他对夏绿蒂产生了爱慕之情，但一直隐藏在心里一天天暗暗地滋长，最后他终于表露了出来，却因此丢掉了差事，然后发了疯。尽管这段话干巴巴的，毫无感情色彩，但你可以想象一下，我听了后所受到的震撼有多大！我之所以把这段文字写成这个样子，是因为阿尔伯特就是这样无动于衷地告诉我的。

十二月四日

求求你，威廉，恳求你听我说吧！我完了，再也承受不了了！今天，我在她的房间里……我坐在一旁，她在弹钢琴，弹了很多支曲子，每一段音乐全都深深地触动了我的心！全部啊！威廉，我该怎么办……她的小妹妹正在我怀里玩着布娃娃。热泪涌进了我的眼眶，我低下头，目光落在夏绿蒂的结婚戒指上……泪水滚落下来……这时，她开始弹奏一支熟悉而美妙的曲子，我的灵魂顿时感到极大的安慰。往事一幕幕浮现，回想起初次听到这支曲子时的美好日子，以及后来黯然神伤的日子，还有最终的不快与失望……我在房间里急促地来回踱步，感觉紧迫得快要窒息。

"看在上帝的份儿上，"我喊道，情绪激动地冲到她的面前，"看在上帝的份儿上，别弹了！"

她停了下来，怔怔地望着我。

"维特，"她笑吟吟地说，这笑容就像一把利剑，深深地刺进我的胸膛，"你病得很厉害啊，连自己最喜爱的东西也讨厌起来了。回去吧，我求你平静下来。"

我立刻跑出房间，并且……上帝啊，你看见了，你看见了我最深刻的痛苦，请求你马上结束一切吧！

十二月六日

她的形象追逐着我，无时无处不在！不论我醒着还是在梦里，她都占据着我整个心！每当我闭上双眼，在额头上，便显现出她那双黑色的眼睛。它们真的就在那儿，我怎么才能向你说清楚啊！只要我一闭上眼，她那动人的眼眸就会出现在我面前、我心中、我额上，静静地，宛如一片海洋、一道幽谷，充满了我所有的感官，充满了我的全身。

人啊，这个受到赞美的半神，究竟是什么？在正当需要力量的时候，他却失去了力量；当他在欢乐中飞升或在痛苦中沉沦的时候，他渴望着能够融入浩瀚的宇宙中，就在这个时刻，他却偏偏受到羁绊，意识又恢复到原来的迟钝、冰冷。

编者致读者

关于少年维特生命中的最后几天，我希望能找到足够的第一手资料，这样的话，我就没有必要在他遗留的书信中再插入自己的叙述了。

我去拜访了那些了解他经历的人，尽力搜集确切的事实。维特的故事很简单，人们的讲述大同小异，不一样的只有对当事者思想性格的看法。

现在，我需要做的是，把努力搜集到的情况叙述出来，再把维特留下的几封信插入其中，还包括其它数据，哪怕一张小纸片也不放过。要知道，这件事发生在一些异乎寻常的人身上，即使是某些个别行为，要想探究出真正的动机也极不容易。

愤懑与忧郁越来越深地淤积在维特心中，它们相互紧紧地缠绕在一起，日积月累，直至完全控制了他的灵魂。他内心的和谐被彻底摧毁了，烦躁得如烈火焚身，把他天赋的力量全部消耗殆尽，最后变得心力交瘁。为了摆脱痛苦，他拼命挣扎，使出了全部勇气。然而，内心的痛苦消磨了他的意志，他不再生气勃勃、聪慧机敏，变成一个愁苦的人，结果反而使他变得更为不幸；而他越是不幸就越任性，如此恶性循环。至少阿尔伯特和他的朋友们这么认为，维特像一个　天就把财产全部花光而不顾以后怎么过的人，他对真诚稳重的阿尔伯特为了获得自己渴望已久的幸福，以及努力保持这种幸福的行为，都不能做出正确的评价。在他们看来，阿尔伯特始终都是维特刚开始认识时所尊敬的同一个人，在那段短暂的日子里，他从来就没有任何改变。阿尔伯特爱夏绿蒂胜过一切，他为她感到骄傲，认为她是天底下最可爱的女人，也希望别人这么认为；他不希望和她之间出现任何猜疑，也不愿意任何人——哪怕仅仅在一瞬间、以最无邪的方式——和他共同占有最爱。难道他因此就该受谴责？当维特在夏绿蒂房中的时候，阿尔伯特常常会走开，但他这样

做不是出于敌视或反感，而是因为他感觉到，他在那儿维特总是显得局促不安。

夏绿蒂的父亲生病卧床在家，他派来一辆马车接她，夏绿蒂便出城去了猎庄。那是一个美丽的冬日，刚下过一场大雪，放眼望去，田野里、山冈上都覆盖了厚厚的一层积雪，完全是一个银白色的世界。

第二天一大早维特就出发去了猎庄，以便在阿尔伯特不来接夏绿蒂的情况下，自己陪她回来。

郊外的空气清爽宜人，这样晴朗的天气也很难改变维特阴郁的情绪。他心里总感觉压抑得难受，一些可怕的景象萦绕在脑海里，不断产生一个又一个的痛苦念头。

正如他始终对自己不满一样，别人的情况在他看来更加令人忧虑。他确信，阿尔伯特夫妇之间和谐美满的关系已经出现了问题，为此，他不但自责，而且还暗地里埋怨阿尔伯特。

路途上，他一直在思忖这个问题。

"是啊，"他自言自语地说道，"这就是亲切和蔼的、柔情似水的、富于同情心的感情！这就是默默无言的、永恒不变的忠诚！不，这是厌倦与冷漠！任何一件无聊的琐事，不是都比他可爱的妻子更吸引他吗？他知道珍惜自己的幸福吗？他知道给予她应有的尊重吗？唉，她毕竟已经是他的妻子了，她毕竟……我知道的，我知道的，不过我还知道其它的事情。我已经习惯于这样想了，他将使我发疯，还是要了结我？他不是早已把对我的友谊抛在脑后了吗？他不是早已将我对夏绿蒂的眷恋，视为对自己权利的侵犯吗？他不是早已将我对夏绿蒂的关心，视为对他无声的谴责吗？我清楚地知道，我感觉得出来，他不愿意见到我，他希望我走，我在这里已成为一个不受他欢迎的人。"

这样反复思考着，维特一次次放慢了脚步、一次次停下来，站着发呆，似乎是想往回走。不过，他终于还是继续前行，一边走一

边考虑，仿佛极不情愿地走到了猎庄。

维特跨进大门，询问夏绿蒂和他父亲在哪里，却发现大家的情绪有些激动，最大的一个男孩告诉他，瓦尔海姆出事了，一个农民被人打死了！对于这样一个新闻，维特没有太大的反应，他径直走进屋子。夏绿蒂正极力劝阻父亲，叫他不要抱病去现场调查这件惨案。目前凶手是谁尚不清楚。事情发生在那位寡妇家，有人早上在门口发现了受害人的尸体，是寡妇后来雇的长工，而她早先雇的那个是在心怀不满的情况下离开的，人们推测可能是他干的。

维特一听，马上跳了起来，情绪万分激动。

"完全可能！"他大声说道，"我得去看看，一秒钟也不能耽搁。"

他匆忙向瓦尔海姆奔去。一桩桩往事浮现在眼前，他几乎可以确信，这件事一定是那个多次与他交谈、后来简直成了他知己的年轻人所为。

要到停放尸体的小酒馆，必须从那两株菩提树下经过。一见到这个曾经美好、如今已面目全非的地方，维特的心中不由一震。孩子们常常坐在上面玩游戏的那道门坎，已是一片血污；爱情和忠诚，这些人类最美好的情操，已经变质成暴力和仇杀！在寒冷的冬天，高大的菩提树茂密的树叶已经落尽，树枝上压着洁白的雪。不远处的公墓矮墙上，曾经弯曲成美丽穹顶的树篱已然光秃秃的，覆盖着冰雪的墓碑便从树枝间赫然显露了出来。

全村的人都聚集在小酒馆前，正当维特要走过去时，人群突然喧闹起来。远远地，一队全副武装的人押着一个人向这边走来，人们异口同声地喊着："抓到啦！抓到啦！"维特望过去，一切看得一清二楚：是他！正是爱那位寡妇爱到发狂的年轻人！就在前不久，当他带着一股怨气，垂头丧气地四处徘徊时，维特曾遇见过他。

"瞧你干的好事，不幸的人啊！"维特叫嚷着，向被捕的人奔

过去。

那个年轻人呆呆地瞪着他，一言不发，然后镇定自若地说："谁也别想娶她，她也别想嫁给谁。"

犯人被押进小酒馆里，维特怅然离去，心中充满了悲伤。

这可怕、残酷的一幕深深地震动了维特，他感到心慌意乱。想起过去初次遇见这个青年农民的情景，以及后来的几次交往，再想到年轻人刚才的神情，刹那间，他从悲哀、抑郁和冷漠的沉思中惊醒过来，内心产生一种无法抑制的同情和怜悯，以及无论如何也要挽救这个人的强烈欲望。维特把自己完全换到这个人的立场上，他觉得这个年轻人太不幸了，即使成为罪犯也是无辜的。维特有把握说服其他人也相信那个人是无辜的。他的脑海里已经有了极具说服力的辩护词，恨不得立刻就为他辩护，使他重获自由。维特急匆匆地往猎庄赶去，路上不断地念着准备向法官陈述的看法。

一走进房间，维特发现阿尔伯特也在，情绪顿时低落了下来，但他仍然打起精神，情绪激昂地向法官发表了自己的看法。然而法官却连连摇头。尽管维特把替一个人辩护所可能说的话全都说了，而且说得如此真诚恳切，但结果显而易见，法官仍然无动于衷，他甚至不容维特把话说完就予以激烈的驳斥，责备他不该袒护一个杀人犯。法官教训他说，假如按照他的观点，现行的法律都得宣布无效，国家的安全就得彻底完蛋了。最后，法官补充说，在涉及犯罪案件的事情上，他自己除了负起最崇高的职责，一切按法律程序来办理之外，别无他法。

但是维特并没有放弃，他恳求法官，如果有人帮助罪犯逃跑，希望他能睁一只眼、闭一只眼。这个请求立即遭到法官的拒绝，并严厉斥责了维特。这时，阿尔伯特说话了，他完全站在法官那一边，这让维特再说什么也没有任何用处了。维特怀着痛苦的心情走了出去，而在此之前，法官还一再地对他说："不，他没有救了！"

我们可以从一张维特当天写下的纸条中看出来，法官的这句话给了维特多么沉重的打击！这张纸条是从他的文件中找到的，上面写道：

你没有救了，不幸的朋友！我知道，我们都没救了！

阿尔伯特最后所讲的关于犯罪的一席话，令维特极为反感，甚至觉得有几处是在影射自己。尽管以维特的聪明，不至于看不出法官和阿尔伯特的话有一定道理，但他却不愿意承认，似乎对他来说，一旦承认就意味着背弃自己的本性。

从维特的档案中，我们还发现了另一张纸条，与上面谈到的事情有一定的关联，也许它向我们充分透露了维特对阿尔伯特的态度吧。

有什么用呢？尽管我反反复复地对自己说：他是个好人，一个正直的人。可我却依然心乱如麻，眼前的事实让我该怎么评论他啊！

※※※

雪已经开始消融了。在一个稍稍温暖的夜晚，夏绿蒂和阿尔伯特步行回城去。路途上，夏绿蒂东张西望，似乎是少了维特的陪伴，显得有些心神不定。阿尔伯特开始谈论维特，在指责他的同时，也不忘替他说几句公道话。后来，他谈到维特对她的热情，希望能想办法让他离开。

"为了我们自己，我也希望这么做。"他说。"另外，我请求你，"他接着说道，"要让他对你的态度改变一下，别让他总是来看望你，别人会注意的。再说，据我了解，已经有人在讲闲言碎语了。"

夏绿蒂默不做声。阿尔伯特似乎感觉到她沉默的分量，从此以

后再也没有在她面前提起过维特，甚至在她提到维特时，他会立即中断谈话，或者把话题扯到一边去。

　　※※※

　　维特为了救那个不幸的人所做的无望的努力，是他生命中行将熄灭的火苗最后一次的跃动，从此以后，他完全沉浸在极度的痛苦和无为中。特别是，当他听说法庭或许会传唤他出庭作证，以证明那个如今矢口否认罪行的年轻人有罪的时候，他都快气疯了。

　　这个时候，过去的一切浮现在他的眼前，生活中遭遇的种种不如意、在公使馆的难堪，以及一切的失败、屈辱，都在维特的心里上下翻腾。这一切的一切，让维特觉得自己的无所作为是应该的，并发现自己就连赖以为生的基本技能也没有，未来毫无希望和出路。结果，他任由自己被奇特的感情、思想以及无休无止的渴望所驱使，和那位温柔可爱的女子周旋，毫无目的地耗费着自己的生命，既影响了他人的安宁，又让自己受尽了苦难，一天天走向可悲的结局。

　　这里，我将插入他遗留的几封信。维特的迷惘、热情和渴望，以及对人生的失望、厌倦，都将从这些信中得到印证。

　　十二月十二日

　　亲爱的威廉，我正处于一种坐立不安的状态中，就像被魔鬼追逐着四处逃窜的不幸的人一样。有时我心神不宁，这既非因为恐惧，也非因为渴望，而是源于一种莫名的狂躁，几乎将我撕裂、将我窒息！太难受了哟，我难以自持，唯有奔出门去，在寒冬可怕的黑夜里狂奔不已。

　　昨夜我又出去了。这几天气候已经转暖，冰雪正在融化，河水开始泛滥，溪流也在激涨，雪水从瓦尔海姆方向奔流而来，涌进了我那可爱的峡谷。夜里十一点我跑出家门的时候，只见狂暴的山洪

卷起巨浪，伴随着一个个的漩涡，从悬崖上直冲下来，漫过田野、草地，把开阔的峡谷变成一片翻腾的汪洋，狂风呼啸着，那景象真是恐怖之极！而当月亮从乌云中游弋出来，我眼前的激流在那可怖而迷人的清辉映照下，翻腾着、咆哮着，大地一片惨淡，我更是不寒而栗，心中陡然产生一个奇异的欲望。我面对着深渊，慢慢张开双臂，我的心对自己说：跳下去吧，跳下去吧！假如我能带着我的不幸和痛苦，像奔腾的洪流一样勇往直前地冲下悬崖峭壁，那将是何等的畅快啊！可是，我却无法移动脚步，我没有结束一切苦难的勇气！或许，是我的时辰还没有到吧！威廉啊，在肆虐的狂风中，我真恨不得自己像个义无反顾的勇士，去驱散乌云、遏抑激流，哪怕为此付出我的生命！唉，对于一个心灵遭到囚禁的人来说，也许就连这样的欢乐也得不到吧！

俯瞰着我和夏绿蒂散步时曾小憩过的草坪，俯瞰着我们曾在下边坐过的老柳树，我难过极了——草坪已被淹没，老柳树几乎被摧残得奄奄一息！“还有她家的那些草地，以及周围的地方！”我想，“我们的那个小亭子这时也一定让激流毁得面目全非了吧！”想到这里，一线阳光射进了我的心田，宛如一个囚犯梦见了羊群，梦见了草地，梦见了自由逍遥的生活！望着滔滔洪水，我不再骂自己没有死的勇气，我本该……

不过，现在我又坐在了这儿，恰似一个沿街乞讨的年迈乞丐，每时每刻不过是苟延残喘，毫无生的乐趣。

十二月十四日

怎么了，我竟然害怕起自己？难道我对她的爱不是最神圣、最纯洁、最真挚的吗？难道我曾怀着该受到惩罚的欲望吗？不，我不想发誓……可我的梦啊……噢，一定是鬼神在捣乱！在我的梦中——现在我的嘴唇还在哆嗦——我把她紧紧地搂在怀里，情意绵绵地亲吻她的唇，我的身心完全沉溺在她那美丽迷人的媚眼中……

上帝啊，回想起那令人销魂的梦境，幸福的感觉仍然强烈地充盈着我的身体，这难道也该受到惩罚吗？夏绿蒂啊！

我已经彻底完了！八天来我一直神魂颠倒、迷糊不清、满面泪水，去哪儿都无所谓，完全无所希望，无所欲求。也许，我该去了，真的该去了！

※※※

这期间，死的念头在维特的心里越来越强烈，越来越坚定。自从重回夏绿蒂身边，他一直就把死亡看成是最后的出路和希望。不过他一再告诉自己，不要操之过急，不要草率行事，要怀着美好的信念和宁静坦然的心走向死亡。

下面这张从他文稿中发现的纸条是写给威廉的信，刚开了头，没有写日期，我们可以从中窥见他动摇和矛盾的心情。

想到她的存在、她的命运，以及她对我的命运的关切，我干枯的眼里挤出了最后的几滴泪水。

掀开幕布，走到幕后吧，让一切一了百了！为何还迟疑退缩？是因为不知道幕后的情形，还是因为一去将永不返？也许是因为预感到，幕后只有我们一无所知的黑暗和浑沌吧！

维特想死的念头一天天接近、一天天亲密起来，他的决心越来越坚定，最后变得不可更改。下面这封写给威廉意在言外的信，为我的判断提供了明证。

十二月二十日

威廉，我的朋友，感谢你的友谊，感谢你的了解。是的，你说得对，我真该走了，只是你要我回到你那儿去的建议，和我的心意不尽相同。无论如何我还得再待一段时间，尤其是天气还有点冷，再过一段时间，道路会好走一些。你说打算来这儿接我，我当然很感激，只是请你把时间推迟两个星期，这期间我可以做很多事，等

接到我的下一封信再说吧。记住呵，果子没熟时千万不要采。请转告我母亲，希望她为她的儿子祈祷，并请求她的原谅，为我带给她的所有不快。唉，那些我本应该为他们带来快乐的人，我却注定要让他们难过。

别了，我的好朋友，愿你得到更多的幸福！别了！

※※※

这期间，夏绿蒂的心情如何？她对丈夫的感情如何？对不幸的维特的感情如何？我们不能妄下断语。尽管凭着对她的了解，我们可以在心里做出评断，尤其是具有一颗美好善良的心的女性，更能设身处地体会她的情感。

唯一可以确定的是，她决定想尽一切办法让维特离开。如果说她还有所迟疑的话，那也是出于对维特的一片好意和爱护，因为她了解他，那将使维特感到痛苦，而且对他来说几乎是不可能的事。然而，现实的情况迫使她必须尽快行动。这段时间，阿尔伯特根本不再提及关于维特的任何话题，像她一样保持沉默。而他越是如此，她就越觉得有必要透过行动向他证明，她并未辜负他的感情。

维特在圣诞节前的礼拜日写了上面那封信，当晚他又去看望夏绿蒂，碰巧只有她一个人在房里，正忙着准备给弟妹们的圣诞礼物。维特说小家伙们收到礼物一定会很开心，还回忆起小时候突然看见挂满蜡烛、糖果和苹果的漂亮圣诞树时的惊喜心情。

"你也会得到礼物的，"夏绿蒂说，同时对他嫣然一笑，以掩饰内心的困窘。"比如一支蜡烛什么的，但条件是你要听话。"

"你说的听话是什么意思？"维特嚷起来，"亲爱的夏绿蒂，你要我怎么样？我又能够怎么样呢？"

"礼拜四晚上是圣诞夜，"她说，"到时候我的父亲和弟妹们都要来，每人都会得到礼物。你也来吧，可在这之前你别来了。"

维特听了一怔，有些不知所措。

"求你了！"她说，"事到如今，我恳求你为了我的安宁，答应我吧，再也不能这样下去了呵。"

维特别过脸，在房间里疾步走来走去，嘴里喃喃地念着："再也不能这样下去了！再也不能这样下去了！"

夏绿蒂觉得自己的话把他推到一个可怕的境地，便试图引开他的思路，但没有成功。

"不，夏绿蒂，"他大声说，"我再也不来见你了。"

"干嘛呢，维特？"她说，"你可以来看我们呀，你也必须来看我们，只是减少一些次数罢了。唉，你就是一个直性子的人，一旦喜欢什么就死心塌地。"她拉住他的手，继续说道："求你了，克制克制吧！凭借你的天资、你的学识、你的才能，你可以享受到很多的快乐。拿出男子汉的气概来吧！别再苦苦恋着一个除了同情、什么也不能给你的姑娘。"

维特一言不发，紧咬着牙关，眼光阴郁地盯着她。夏绿蒂说：

"维特，冷静冷静吧！你难道感觉不出来，你是在欺骗自己，你在毁灭自己！为什么一定要爱我呢，维特？我已经另有所属啊！为什么你非得这样呢？我为你担心的是，就因为你不可能占有我，所以这件事才会对你产生这么大的诱惑。你明白这一点吗？"

维特抽回自己的手。他瞪着她，目光中含着愤怒。他大声喊道：

"高明，实在是太高明了！说不定是阿尔伯特教你这么说的吧？外交家，了不起的外交家！"

"任谁都会这么说的！"夏绿蒂回答，"难道世间就没有一个姑娘合你的心意？快振作起来，去寻找属于你的那个姑娘吧，你一定能找到的。要知道，这些日子以来你都在自寻烦恼，让我十分担心。维特，振作起来吧，出去旅行一趟将会让你的心胸开阔起来。去找一个值得你爱的人，再回来和我们团聚，共享真正的友谊和快乐。"

"哼，你的说教可以印成教科书，推荐给所有的家庭教师！"维特冷笑一声说，"夏绿蒂，让我冷静一下，然后一切就会没事了。"

"只是圣诞节前千万别来啊，维特。"她叮嘱他。

他正要说话，阿尔伯特走了进来。两人互相冷冷地道了声"晚上好"，然后都在房间里踱步，谁也没开口，气氛显得十分尴尬。后来，维特说了几句无关痛痒的话，之后便没词儿了，阿尔伯特也如此。再后来，阿尔伯特问夏绿蒂是否办妥了交给她的事情，夏绿蒂说没有，他便说了她几句，这些话在维特听来岂止是不礼貌，简直就是粗鲁。维特想走，但他的心却在挽留他，这样苦挨到八点钟，心里越来越烦躁不安，直到他们准备吃晚餐了，他才拿起自己的帽子和手杖。阿尔伯特邀请维特留下，他只当作是客套，冷冷地道过一声谢，然后便离开了。

他回到家，从仆人手中接过蜡烛，走进卧室后便放声痛哭，过了一会儿又自言自语，在房间里狂乱地走来走去，然后瘫倒在床上，直到深夜十二点，仆人问他要不要脱靴子，这才惊动了他。他让仆人把他的靴子脱掉，并吩咐第二天早上没有他的叫唤不要进房里去。

礼拜一早上，他给夏绿蒂写了封信。维特死后，人们在他的书桌上发现这封信，已经用火漆封好，于是便交给夏绿蒂。从行文来看，信是断断续续写完的，我依照它的原样，分段摘录出来。

夏绿蒂，我已经决定了，我要去死。写这句话的时候，我并没有怀着浪漫的激情，心里反而十分平静。当你读到这封信的时候，亲爱的夏绿蒂，冰冷的泥土已经掩埋了我僵硬的躯体。在他生命的最后一刻若有些许的快乐，那就是再见你一面，再和你说说话。我熬过了一个可怕的夜晚，却也是一个仁慈的夜晚，是它坚定了我死的信念！昨天，当我离开你时，真是痛苦不堪、万念俱灰，往事——涌上心头，我猛然意识到一个残酷的事实：我在你身边既无希

望，也无欢乐啊……

我回到自己的房间后，便疯狂似地跪在地上，祈求上帝赐给我几滴泪水，好让它们滋润我干枯的心田。我脑海中翻腾着各式各样的念头，但最后只剩下一个，一个坚定不移的想法，那就是死！我躺下睡了，今早醒来心情平静，而那个念头依然强烈地存在：我要死！这并非绝望，而是一种信念！我想我已经受尽了苦难，是该为你而死的时候了。是啊，我为什么要保持缄默呢？我不应该呵！我们三人之中有一个人必须离开，而我就愿做那一个！哦，亲爱的夏绿蒂，我破碎的心灵曾隐约出现过一个狂暴的想法——杀死你的丈夫！再杀死你！最后杀死我自己！

过去的事就让它过去吧！在一个夏日的黄昏，当你登上景色秀丽的山冈，可不要忘了我啊，不要忘了我也喜欢来这儿驻足。然后你再眺望远处的墓地，寻找我的坟茔，在落日最后的余晖中，欣赏我坟头浓密的野草在风中摇曳……

我开始写这封信的时候心情很平静，可现在，往事生动地展现在眼前，我忍不住哭了，像个孩子似的哭了。

将近十点钟的时候，维特叫来仆人，一边穿外套一边对仆人说，他过几天要出远门，要仆人把他的衣服弄干净，并打点好所有的行装。此外，他派人去各处结清账目，收回几本借出去的书，还把本来每月施舍一次的钱，提前给了两个月。

他在房间里吃完早餐，之后便骑马去法官的猎庄，但法官不在家。他来到花园里，一边踱步一边沉思，像是重温过去的一切，然后与之诀别。

可是小家伙们不让他安静，他们跑过来，趴在他的背上告诉他：明天的明天，也就是再过一天，他们就可以得到夏绿蒂姐姐的圣诞礼物了。他们还向他描述了想象中的种种奇迹和惊喜。

"明天的明天！"维特喃喃地念着，"再过一天！"随后，他亲吻了每个孩子，准备离开。这时，最小的那个孩子对他说悄悄

话，他说哥哥们写了好几张精美的圣诞卡，好大好大的，一张给爸爸，一张给阿尔伯特和夏绿蒂，还有一张给维特，只不过要到新年的早上才能给他们。维特很感动，给了孩子们每人一点东西，然后上马，让孩子们代他问候他们的父亲，说完便含着眼泪骑马而去。

将近五点，维特回到了家。他吩咐女仆添足卧室壁炉用的柴，这样火可以一直维持到深夜，还叫仆人把书和内衣装进箱子里。做完这些，他在给夏绿蒂的最后一封信中写下这样一段文字：

你想不到我会来吧？你是不是以为我会听你的话，直到圣诞夜才来？啊，夏绿蒂，今日不见就永远见不到了！在欢乐的圣诞之夜，当你捧着这封信，你的手将颤抖，你的泪水将喷涌而出。噢，我要走了，我感到一种难以言状的快意，我决心已定！

夏绿蒂这段时间的心情也很奇怪。自从最近那次和维特谈话以后，她内心深切地感到，要她和他分开是多么艰难，而维特被迫离开又是多么痛苦。

她似乎是不经意地对阿尔伯特说："维特圣诞夜之前不会来了。"于是，阿尔伯特骑马去见住在附近的一位官员，有些公事需要办理，因天色太晚，不得不在官员家中过夜。

夏绿蒂独坐房中，不禁思忖起自己目前的处境来。她清楚地知道自己将和阿尔伯特终身相守。她了解丈夫对自己的爱与忠诚，并发自内心地倾慕他，特别是他的稳重可靠，能够使任何一位贤淑的女子享受到幸福的生活，他是她和弟妹们永远不可或缺的依靠。但另一方面，维特对她来说又是如此可贵。从相识的那一刻起，他们俩就情投意合，长时间的交往以及共同的兴趣爱好，都在她心中留下不可磨灭的印象。她已经习惯和他分享自己的快乐，如果他真的走了，一定会让她感到空虚，而且永远无法弥补。唉，如果他是她的哥哥就好了，她会有多幸福啊！她又希望能把自己的哪个女友嫁给他，好让他和阿尔伯特恢复过去的友谊。

她把女友们一个个都考虑了一遍，发现她们都有这样那样的缺

点，没有一个配得上维特。

在反复的考虑过程中，她猛然感觉到，自己竟暗暗地在希望着一件事——尽管她不肯承认——把维特留给自己！一想到此，她立刻断然否认，对自己说这是不可能的，绝不可能！纯洁美丽的夏绿蒂向来总是那么轻松愉快、无忧无虑，此刻也变得忧伤起来。

她就这么左思右想，直到六点半。突然，传来一个熟悉的脚步声，她一下子就听出是维特的，他上楼来了。她的心怦怦狂跳，这种情况还是第一次，以往维特来时她从不会这样。她很想叫人告诉他自己不在，但……当他走进房间时，她心慌意乱地大声说：

"你食言了！"

"我可没有许过任何承诺。"维特说。

"即使这样，你也该满足我的请求呀！"她反驳说，"我请求过你，让我们都安静安静。"

夏绿蒂一直镇定不下来，也不知道自己在说什么、做什么。她急忙派人去请她的几个女友来，以免单独和维特待在一起。他带来几本书，是要还给她的，又问起另外的几本。这时的夏绿蒂，一会儿希望女友快点来，一会儿又希望她们千万别来。女仆进来说，她的女友不能来，请她原谅。

她本想叫女仆在隔壁做针线活，但转念一想又改变了主意。维特在房间里来回踱步，她便坐到钢琴前，弹起一支法国舞曲，却怎么也弹不好。维特已坐在那张老式沙发上，这是他习惯了的位置。夏绿蒂定了定神，不慌不忙地坐在他的对面。

"你没有什么好书可以朗读吗？"夏绿蒂问。

他现在的确没有。

她又说："那边，我的抽屉里放着你译的几首莪相的诗，我还没有读过，一直希望由你亲自朗诵给我们听，却总是找不到合适的机会。"

维特微微一笑，取来那几首诗。可当他看见稿纸上的诗句，身

体不由得打了个寒战，眼里已有泪光。他坐下来，朗声读道：

　　浩瀚夜空中的孤星啊，在朦胧而神秘的天际，你散发出美丽而冷艳的光华，从云端抬起你明亮的头，庄严地步向原野山冈。你在荒原上寻觅什么呢？狂暴的风已经停息，远方传来溪流的絮语，惊涛拍打着岩石，成群的飞虫在旷野飞舞。你在荒原上寻觅什么啊？美丽的孤星，你微笑着款款前行，云朵如浪花般簇拥着你。别了，美丽的孤星，你这栽相心中永远的光华，愿你永远闪耀人间！

　　在你银色的光辉中，我见到逝去的友人，他们相聚在罗讷平原，宛若犹在人间。啊，芬戈尔来了，像根擎天之柱，在他周围是他的勇士——那些古代的歌者：白发的乌林，身躯伟岸的利诺，歌声动人的阿尔品，还有那美丽哀怨的弥诺娜。我的朋友们啊，记得当年在塞尔玛山上，我们竞相歌唱，歌声如春风飘荡在大地，唤醒了沉睡的森林、田野和山冈，可从此以后你们却变了模样。

　　这时，娇艳的弥诺娜缓步走来，低垂着头，眼中浸满泪水，浓密的秀发在疾风中飞扬。她放声歌唱，用甜美的歌喉吟唱萨格尔和美丽的姑娘可儿玛。优美的歌声回荡在天空和大地，勇士们的心中更加忧伤，他们早已望见萨格尔的坟墓，早已望见白衣少女可儿玛的幽闭之乡。

　　可儿玛孤独地坐在山冈上，柔声地唱着歌，等待着她心爱的人，萨格尔答应过她要来，四周已是夜色茫茫，却始终不见他的身影。听啊，这就是可儿玛独坐在山冈上的歌唱。

　　可儿玛

　　夜已渐渐降临！我独坐在狂风呼啸的山冈上，苦苦等待着爱人的到来。山风凄厉恐怖，洪水咆哮着冲下山崖，可怜的我被遗弃在风雨中，没有茅屋为我遮风挡雨。

月儿啊，从乌云中出来吧！星星啊，在夜空中闪烁吧！请为我照亮前路，带我去爱人所在的地方。他打猎后正在那里休息，身旁摆着松了弦的弓弩，周围躺着疲劳困顿的狗群。可我独坐在杂草丛生的河畔，激流和风暴喧嚣不已，听不见爱人的声音。我的萨格尔为何迟迟未归？莫不是你已忘记了诺言？这儿就是我们约会的地方呵。瞧那岩石、树木、湍急的河流，你答应夜幕降临就来到我的身旁！我的萨格尔啊，你可是迷失了归途？我愿和你一起逃走，离开高傲的父亲和兄弟。萨格尔啊，我们两家世代为仇，但我俩却深深相爱。

月亮在夜空里散发出银色的光辉，溪流在峡谷中闪亮，山冈上怪石突兀，但山顶上却不见他的踪影，也没有狗群传达他归来的讯息，只有我独自一人在这里等候。

可是，在山下的荒原，那躺在草地上的人是谁啊？是我的爱人，还是我的兄弟？你们说话呀！噢，他们一声不响，令我心生焦虑！啊，他们死了！他们的剑犹在手中，上面是斑斑血迹！我的兄弟啊，你为何杀死我的萨格尔？我的萨格尔啊，你为何杀死我的兄弟？你们都是我至亲至爱的人呀！在山冈旁掩埋着成千上万的斗士，你是最最英俊的，我的萨格尔！而我的兄弟哟，你在战斗中最为英勇无敌！回答我吧，亲爱的人，你们可听见我深情悲伤的呼唤？唉，他们已永远沉默，身躯已冰冷僵硬。

亡灵啊，我亲爱的人，你们开口说话吧！在山顶的岩石上，或者在风雨狂暴的山巅，向我诉说吧，我绝不会感到恐惧害怕！告诉我吧，你们将安息在哪里？我去到群山中的哪个洞穴才能找到你们？狂风呼啸，我听不见你们的回音；暴雨滂沱，我听不见你们的叹息。

我坐在山冈上放声痛哭，盼望着黎明的来临。死者的坟墓已掘好，亲友们啊，在我到来之前，请别把墓室关闭。我的生命之火已熄灭，又怎能独活人世？我愿和至亲至爱的人同住在这溪畔

的岩洞里，每当夜色笼罩山冈，狂风掠过旷野，我的灵魂就会在风中为我的亲人哀号。猎人们听见我的哭诉，既恐惧又惊喜，要知道我在悼念至亲至爱的人，声音又怎能不甜蜜！

这就是你的歌呵，弥诺娜，托尔曼美丽的女儿！你的歌让我们流泪，你的歌使我们伤心，为少女可儿玛不幸的命运。

乌林怀抱竖琴登场了，为我们弹奏着阿尔品和利诺的歌。阿尔品声音悦耳，利诺心地火热善良，可他们已永远安息，他们的歌声已在塞尔玛山绝响！还在英雄们未战死的时光，有一次乌林狩猎归来，听见他们在山上歌唱，歌声哀婉动人，充满忧伤。他们悲叹英雄首领穆拉尔的陨落，赞美他的宝剑锋利如奥斯卡，他的灵魂高尚如芬戈尔。穆拉尔倒下了，他的父亲悲痛欲绝，他的姐姐泪流成河，英勇的穆拉尔的姐姐弥诺娜泪流成河啊！在乌林歌唱的时候，弥诺娜已缓步离去，恰似天空的月亮预见到暴风雨即将来临，将美丽的面庞隐藏到乌云深处一样。我和乌林一同拨响琴弦，弹奏着利诺和阿尔品悲怆的歌。

利诺

暴风雨已过去，云开雾散，米去匆匆的太阳照耀着大地，光芒万丈。溪流上波光粼粼，泛着闪闪的红光，潺潺流水穿过峡谷，一路笑语欢歌。我却聆听到一个更动人的声音，那就是阿尔品在歌唱，痛苦地把死难的英雄歌唱。他衰老的头颅低垂，他含泪的眼睛肿大。阿尔品啊，杰出的歌手，你为何独自来到这寂静的山上？为何你悲怆的声音连绵不息，像旷野的风，像大海的浪？

阿尔品

利诺呵，我的泪为死难者而流，我的歌为墓中人而唱。在荒原

的英雄们中，你是多么英俊魁梧，但你也将像穆拉尔一样战死，你的坟前也会有人悲伤痛哭，这里的山冈将把你忘记，你的弓箭将高悬，从此沾满灰尘。

穆拉尔啊，在这山冈上，你曾飞奔如鹿，狂暴如火。你的愤怒如可怕的飓风，你的宝剑如荒野的闪电，你的声音响亮如咆哮的山洪、如暴风雨夜的惊雷！多少人曾被你狂暴的怒火吞噬，多少人死于你锋利无比的宝剑之下。可当你从战场归来，你的神态宁静安详，你的容颜如雨后的丽日、如静夜的月亮，你的胸怀如风平浪息的宽广海洋！

当年你是多么伟大啊！而如今你的墓穴狭小、幽暗，四块石板就是你的墓碑，上面还长满了野草，墓旁只有一株枯树孤独守候。高高的野草在风中低语，告诉过往的猎人，这里就是伟大的穆拉尔最后的居所。没有情人来为你洒泪，没有母亲来为你哭泣——莫格兰的女儿养了你，而她已先你亡故。

从远方走来的是谁？他手持拐杖，白发苍苍，双眼被泪水浸泡得又红又肿。呵，那是你的父亲，穆拉尔，你是他唯一的儿子啊！他曾听见你在战斗中吼声如雷，也曾听说你把敌人打得四处逃窜，他只知道你的名字威震四方，却全然不知你业已长眠！痛哭吧，穆拉尔的父亲！哭诉吧，尽管你的儿子已无法听见！死者安然沉睡，身卧尘埃，永远也听不到你的呼唤，永远不会再生。啊，什么时候墓穴中能迎来黎明，将最英勇的沉睡者唤醒！

永别了，人海中最高贵的人，战场上最无畏的勇士！从此以后，战斗中再也见不到你骁勇的英姿，幽林间再也不会闪动着你雪亮的宝剑！尽管你没有儿子传承伟业，但我们的咏唱将使你不朽，世世代代的人都将听到战死沙场的穆拉尔英名。

英雄们放声痛哭，安弭的哭声更是撕心裂肺。他哀悼已故的儿女，痛惜他们正当青春年华却已逝去。辽阔的格马尔的君王卡穆尔坐在老英雄身旁，他问道："安弭啊，你为何痛哭流涕？你为谁大

声哀号？听这琴弦上的歌声，真是悦耳动人，就好似湖面上冉冉升腾的薄雾，轻柔地在幽谷飘荡，滋润娇妍的花朵，可当烈日重新照耀，薄雾就将消散。你为何如此悲伤呵，安弭，你这岛国哥尔马的君王？"

悲伤呵，悲伤，我的悲伤诉说不尽！卡穆尔啊，你没有失去儿子，没有失去女儿，你勇敢的儿子哥尔格还在人世，你的女儿，天下最美的姑娘安妮娜，还在你身旁。你的家庭枝繁叶茂，卡穆尔，而我却没有了继承王位的人。多娜啊，你已在墓穴中长眠，你的棺床已发霉腐朽，什么时候你才会唱着歌儿醒来？你的歌声还是那么甜美吗？秋风啊，使劲吹吧，吹过黑暗的原野！狂飙啊，你怒吼吧，在橡树林中掀起巨澜！月亮呵，放出光华吧，从破碎的云絮中出来，让我看看你苍白的脸！你们看到了一切，见证了我失去儿女的恐怖夜晚！那一夜，强健的阿林达尔死了，多娜，我亲爱的女儿，她也未能幸免。

多娜，你是多么美丽动人啊！你美丽如弗拉山上的皓月，洁白如天空飘舞的雪花，甜蜜如芬芳的玫瑰！阿林达尔，你的弓弩强劲有力，你的标枪迅猛快捷，你的眼神如迷雾里的灯塔，你的盾牌如暴雨中的彩霞！

名闻遐迩的英雄阿玛尔向多娜求婚，多娜没有抗拒多久就答应了，大家都期待着那美好时刻的到来。

奥德戈的儿子埃拉德怒不可遏，他的弟弟曾死在阿玛尔的剑下。埃拉德乔装成一个船夫，驾驶着一叶轻舟来到我的岛国哥尔马。他的头发苍白如雪，他的面庞也和颜悦色。"最最美丽的姑娘啊，"他说，"安弭可爱的女儿！在离海岸不远处的海岛上，在可以望见鲜艳果子的山崖旁，阿玛尔在那里等你，我遵从命令前来接他的爱人，带她越过波涛汹涌的海洋。"

多娜上了埃拉德的船，来到大海中的山崖旁。她不停地呼唤着阿玛尔，可除去山崖的回音，再也没有任何声响。"阿玛尔，我的爱人，我亲爱的，你为何要这样吓我？听听吧，阿纳斯的儿子！听听吧，是我在呼唤你呀，我是你的多娜！"

阴险狡诈的埃拉德，狂笑着逃回了陆地。多娜在山崖边拼命地疾呼，呼唤她的父亲，呼唤她的兄长。"阿林达尔！安弭！难道你们谁也不来救救多娜？"

她的呼唤声从海上传来，阿林达尔，我的儿子立刻从山冈上跃下来。终日的打猎生活使他性格剽悍，他身背利箭，手执强弓，五只黑灰色的猎犬随时围绕身边。他看见卑鄙的埃拉德，立即抓住了他，把他绑在橡树上，在他的腰上用绳子紧紧地缠绕，埃拉德在海风中不停地哀号。

阿林达尔驾着小船向山崖前进，一心要救回多娜。这时，阿玛尔飞速赶到，怒火冲天的他射出了灰翎利箭，"嗖"的一声，阿林达尔，我的儿子啊，利箭竟然射进你的胸膛！我亲爱的儿子，你代替埃拉德丢掉了性命。小船一到山崖下，阿林达尔就倒下了。多娜啊，眼前是流淌着鲜血的兄长，你是那么的痛苦悲伤！

山崖下的大海波涛汹涌，巨浪击破了小船。阿玛尔纵身跃入大海，不知是为了救他的多娜，还是羞愧难当而悲愤自杀。霎时狂风大作，白浪滔天，阿玛尔沉入海底，一去不返。

在海浪冲击的悬崖上，只剩下我一人悲伤地听着女儿哭泣。我是多娜的父亲啊，却无力救她。我的力量已在战争中耗尽，我的骄傲已被姑娘们消磨，只能彻夜站在海岸边，在月光下看着她、听着她的呼喊。风在海面上怒吼，雨狂暴地抽打着山崖。黎明还未到来，多娜的声音已很微弱，当夜色在草丛中消散，她已奄奄一息。怀着深深的痛苦和悲伤，多娜死去了，把我安弭一人孤苦地留在这世上！

每当山顶雷雨交加，狂风掀起巨浪，我便坐在涛声轰鸣的海岸边，遥望那可怕的大海和山崖。在朦胧的月影里，我常常看见孩子们的幽魂，时隐时现，缥缥缈缈，哀伤而和睦地携手同行……

　　两行热泪从夏绿蒂眼中滚落下来，这让她心里感觉轻松了一些，维特却再也读不下去了。他扔下诗稿，抓住夏绿蒂的手，失声痛哭，夏绿蒂则把头埋在另一只手上，用手绢捂住眼睛。两人的情绪异常激动——诗歌中高贵的主人公们的遭遇，让他们体会到自己的不幸！相同的感情和流淌在一起的泪水，使他们靠得更近了，维特的头紧靠在夏绿蒂的手臂上，连同他那灼热的嘴唇和眼睛。她猛然惊醒，想要推开他站起来，但悲伤和怜悯却使她动弹不得，手和脚如同灌了铅块。她哽咽着请求他继续读下去，声音凄美动人。维特浑身颤抖，心都要碎了。他从地上拾起诗稿，断断续续地读道：

　　春风啊，你为何将我唤醒？你轻柔地抚摸着我的身体回答："我要用天上的甘霖滋润你！"可是啊，我的末日临近了，风暴即将袭来，我的枝叶都将飘零！明天，有位旅人将要到来，他见证过我美好的青春，他将在旷野里四处寻觅，却见不到我的踪影……

　　几句充满魔力的诗，彻底击垮了维特本已脆弱的心灵。他完全绝望了，一下子跪倒在夏绿蒂的脚下，紧紧地抓住她的双手，把它们捂在自己的眼睛上、额头上。夏绿蒂心里刹那间闪过一个念头，觉得维特会做出什么可怕的事情来，顿时神智迷糊，情难自持。她抓住他的双手，把它们紧拥在自己的胸口上，激动而伤感地弯下身，两人滚烫的脸便贴在一起。世界已不复存在！他搂住她的身子，把她紧紧地抱在怀里，狂吻她颤抖的双唇。"维特！"她几乎快要窒息，声音十分微弱地喊道，极力把头扭到一边。"维特！"她试图用软弱无力的手推开他。"维特！"她的声音克制而庄重。

　　维特不再反抗，放开了她，像个罪人似的跪在她脚下。她站起来，对他既恼又爱，她的身体不停颤抖，心里慌乱如麻。"这是最后一次，维特，你别想再见到我了！"说完，她向这可怜而又不幸的人深情地瞥了一眼，逃进隔壁房间，锁上了房门。

维特仰卧在地上，头枕着沙发，一动不动地待了半个多小时，直到一些响声使他如梦初醒。是女仆来准备晚餐用的餐具。等他发现房里只有自己一个人时，他走到通往隔壁房间的门前，轻声地说：

"夏绿蒂，夏绿蒂！只再说一句，一句告别的话！"

房间里没有任何声响。他等了一会儿，然后再请求，再等待……最后不得已只好离去。临走之前，他喊道：

"别了，夏绿蒂！永别了！"

维特来到城门口，守门人早已认识他，没问一句就放行了。在雨雪交加的夜晚，维特木然地踯躅在野地里，感觉不出刺骨的寒意。深夜十一点，他回到家。年轻的仆人为他开门，发现主人的帽子不见了，看着主人阴郁的脸，仆人不敢吭一声，只是伺候他脱下湿透了的衣服。后来，在临近峡谷的悬崖上，有人捡到了他的帽子。令人难以置信的是，他怎能在漆黑的雨夜攀上悬崖，竟然没有失足摔下来。

这一觉他睡了很久很久。第二天早晨，仆人来送咖啡时，发现他正在写信。在致夏绿蒂的那封信上，他又写了一段文字。

最后一次了，我最后一次睁开眼睛，它们就要见不到太阳的光辉了，永远坠入黑暗迷蒙的长夜。痛哭吧，无所不能的大自然，你的儿子、朋友、情人，他的生命就要结束了。当一个人不得不对自己说"这是我的最后一个早晨"时，他心中的感觉最接近于朦胧的梦。"最后一个早晨"？夏绿蒂啊，我真的完全无法理解"最后一个早晨"的含义！难道此刻还有血有肉地站在这儿的我，明天早晨就要归于尘土吗？死亡！死亡意味着什么？瞧，当我们谈到死亡时，往往就像在做梦。我曾经目睹过一些人怎样死，但人类生来就有很大的局限，他们对自己生命的开始与结束，从来都无法理解。就好像现在还存在的我、你——啊，亲爱的——可再过片刻我们就要分开、离别……说不定就是永别了……哦，不，夏绿蒂，不！我

怎能逝去呢？你怎能逝去呢？我们不是还存在着吗？"逝去"？这又意味着什么？还不是一个词，一个没有意义的词，我可没心思去琢磨它……死亡，就是被埋在泥土里，那么狭窄，那么黑暗……我曾有一个女友，在我少年时代，她就是我的一切。后来她死了，我去参加她的葬礼。人们把她的棺木放进坑里，抽出抬棺木的绳子，然后开始填土。土块落在棺木上，发出"咚咚"的声音，响声越来越沉闷，渐渐看不到装她的棺木，到最后把坑整个填平了。看着眼前的一切，我心痛欲裂，震惊、恐惧到了极点，我控制不住自己，扑到了她的墓前，放声痛哭。尽管如此，我还是不明白究竟发生了什么事……死亡！坟墓！这些词我真的无法理解啊！

唉，原谅我吧，请求你原谅我！为昨天的事。那时，我要是死了才好呐！我的天使啊，第一次，我的内心深处第一次确切地感觉到：她爱我！她爱我！这幸福的感觉令我热血沸腾！此刻，我的唇上还燃烧着从你的嘴唇传递过来圣洁的烈火，不断地温暖着我的心。请原谅我吧！

我早就知道你是爱我的。从一开始你对我热烈的顾盼中，在我们第一次握手时，我便知道你爱我，但后来我离开了你；当我在你身边看见阿尔伯特，我对此产生了怀疑，因而感到焦灼和痛苦。

你还记得给我的那些花吗？在那次聚会中，我们不能交谈，不能握手，一切都令人心烦意乱，你便送了这些花给我。知道吗？回到家后，我在它们面前跪了半夜，它们使我确信了你对我的爱。可是，唉，这样的感觉不久就淡漠了，就像一个基督徒在蒙受上帝恩赐后内心拥有无比的幸福，然而，随着时间的流逝，这种感觉会渐渐模糊，直至消失。

一切都稍纵即逝啊！唯有从你唇上吸吮的生命之火在我体内燃烧，而且永远不会随着时光的流逝而熄灭。啊，她爱我！这胳膊曾搂抱过她，这唇曾亲吻过她，这嘴曾在她耳边低语，这……她是我的！噢，夏绿蒂，你是我的，你将永远是我的！

不错，阿尔伯特是你的丈夫，那又怎样？哼，丈夫！难道我爱你，想把你从他的怀抱中夺过来，对这个世界而言就是一种罪孽吗？哼，罪孽！我情愿为此受罚！我已尝到这种罪孽的全部甜美，已然饮尽生命的琼浆，从那一刻起，你就是我的了！你就是我的了！啊，夏绿蒂，我要先走了，去见我们的天父，我将向他诉说我的不幸，从他那里得到安慰。当你到来的时候，我会奔向你，并紧紧地拥抱你，在无所不在的上帝面前，我将永远和你拥抱在一起，再也不分离。

我不是在做梦，也不是胡言乱语，在即将进入天堂的时刻，我的心中更豁亮了。我们会再见的，一定会的！我们将见到你的母亲，向她倾诉我的爱和忠诚，因为你的母亲和你本来就是一个人啊！

将近十一点，维特问他的仆人，阿尔伯特是否回来了，仆人说看见阿尔伯特骑马跑过去。随后，维特递给仆人一张没有用信封装的便条，上面写着：

我打算去旅行，请把手枪借给我用用，好吗？祝万事如意！
※※※

夏绿蒂昨晚迟迟未能入睡，她所害怕的事终于发生了，以一种她不曾预料的方式发生了。她那一向平缓流淌的血液沸腾了，千百种情感交织在一起，把她的心搅得乱糟糟的。这是因为维特炽热的情感还残存在她心中，还是对维特的放肆无礼感到恼火？或者是眼前的艰难处境和过去无忧无虑、充满自信的生活两相比较，因而心中产生的不快呢？唉，这叫她怎么去见自己的丈夫？怎么向他解释那一幕？她本应直言不讳地告诉他，但她始终鼓不起勇气——难道在这不太合适的时机，她应该主动打破沉默，向丈夫坦承那个意外事件吗？她担心，也许光是提到维特就会给丈夫带来不快，更何况那对他来说完全是一场意想不到的灾难！丈夫会理智地看待这件

110

事，不带一点成见吗？丈夫愿意明辨她的心迹吗？可是，她又怎么能够在丈夫面前装作什么都没发生呢？她可从未对丈夫隐瞒过——也不可能隐瞒——自己的任何感情，就像水晶一样纯洁透明啊。夏绿蒂左思右想，顾虑重重。而另一方面，她又一再想到维特：她丢不开他，却不得不这么做；而维特失去了她，便失去了一切。

两个原本理智善良的人，因为分歧而不再交流，心里都想着对方的过错，使事情变得越来越复杂、越来越糟糕，最后成为一个解不开的死结。夏绿蒂哪里知道，如果她和丈夫能够相互沟通，解释清楚一切，消除他们之间的隔膜，像过去那样互爱互谅，那么，在维特的生命处于千钧一发之际，或许还有获救的希望。

此外，特别值得注意的是，维特从不隐瞒自己渴望离开这个世界的想法，而阿尔伯特对自杀一贯深恶痛绝，为此两人时常发生争论。不过阿尔伯特曾多次激烈地表示，他认为维特并没有当真，还以此和维特开过几次玩笑，也把自己这个看法告诉过夏绿蒂。在这种情况下，一想到那可能发生的悲剧，夏绿蒂一方面深感不安，另一方面又很难开口向丈夫诉说她的忧虑。

阿尔伯特回家了，夏绿蒂急忙迎了上去，神情窘迫。此时阿尔伯特心情很不好，由于那个官员是个不通情理的人，他的事情没有办妥，加上回程道路的泥泞，更令他生气。

他问家里有没有什么事，夏绿蒂慌张地告诉他维特昨晚来过，阿尔伯特不置可否。他又问有无信件，夏绿蒂说收到一封信和一个包裹，已放在他的房间里。阿尔伯特朝自己的房间走去。望着丈夫的背影，回想起他的高尚、温柔和善良，夏绿蒂的心平静了许多，并产生一种依恋的情怀，渴望和他待在一起，于是她拿起针线，也去了他的房间。阿尔伯特正忙着读信，看来信的内容令他不快。她关切地询问丈夫，他只是简单地回答了几句，然后坐在书桌前写回信。

他们就这样沉默地待了一个小时，夏绿蒂的心变得越来越阴

郁。此时，她才猛然感觉到，即使丈夫的情绪很好，自己也很难向他坦白那一幕。夏绿蒂陷入一种深切的悲哀之中，但她却不得不竭力地掩饰起来，把眼泪吞进肚子里，这又更加深了她内心的难过。

维特的仆人进来时，夏绿蒂深感不安，尴尬之极。阿尔伯特读了维特的便条，漫不经心地对夏绿蒂说：

"把手枪给他。"随即对维特的仆人说，"祝他旅途愉快。"

这话犹如一声惊雷，一种不祥的感觉向夏绿蒂袭来。她摇晃着站起来，头脑里空白一片。她用颤抖的双手从墙上取下枪，慢慢地擦去枪上的灰尘，迟迟没有把枪交给仆人，若不是迫于阿尔伯特质疑逼视的目光，她还会拖延下去。她极不情愿地把枪递给了仆人，似乎想说什么，却什么也说不出来。等仆人走了之后，她回到自己的房间，心里忐忑不安，仿佛预感到某件可怕的事情即将发生。然而她内心矛盾重重：她一会儿决定去丈夫的房间，跪在他面前，坦承昨晚发生的事，坦承自己的错误，并告诉他自己的预感；过一会儿又觉得这样做不会有什么好结果，而且几乎没有任何可能说服阿尔伯特去维特那里。这时，晚餐准备好了，夏绿蒂的一个好友正好来问点事，他们邀请她共进晚餐，使气氛轻松了不少。夏绿蒂竭力控制自己，和大家一起聊天，时间不知不觉地就过去了。

仆人走进维特的房间。一听说枪是夏绿蒂亲手交给他的，维特便狂喜地一把夺了过来。他吩咐仆人给他送来面包和酒，然后继续写那封给夏绿蒂的信。

我一遍遍地亲吻它，因为你的手曾碰触它、擦拭它，这上面还留有你的余温。夏绿蒂啊，我的天使，你更加坚定了我的决心！你把枪给了我，而我曾经多么渴望能死在你的手中，如今我的愿望终于实现了，也将我和你永远地连结在一起。那个小伙子告诉我，当你把枪递给他的时候，你的双手在颤抖，连"再见"也没有说！多么可悲啊！你没有说再见，难道在那一瞬间就把我从你的心里放逐了吗？可是哪怕再过一千年，那一瞬间在我的心中也不会磨灭！夏

绿蒂啊，你不可能恨一个如此热恋你的人吧？

维特叫仆人把行李全部捆好，自己烧毁了许多信件，随后出门了结几桩债务。回到家不一会儿，他又冒雨跑了出去，来到已故伯爵的花园里，在园中转来转去，直到夜幕降临。回家后他又开始写信。

威廉，在我最后的一瞥中，田野、森林和天空都已印在我的心里。请你多珍重，也请我的母亲原谅我吧！威廉，请你多多安慰她，愿上帝保佑你们！我的事情都已料理妥当，请不必担心。永别了，我亲爱的朋友！我们会再见的，到那时我们将永远在一起，共享无可比拟的快乐时光。

阿尔伯特，请原谅我吧。我破坏了你家庭的和睦，造成你们之间的猜疑和隔膜。永别了，我将亲自结束这一切，但愿我的死能为你们带来幸福！阿尔伯特，让我们的天使幸福吧！如果你做到了这一点，上帝会保佑你的。

晚上，他又烧毁了许多文稿、信件，之后在几个寄给威廉的包裹上打好漆封。包裹里是他写的一些杂文，过去我曾读过几篇。十点钟的时候，他叫仆人给壁炉添了些柴火，又送来一瓶酒，随后便让小伙子去睡觉了。仆人和房东都住在后院，离维特的卧室有段距离。仆人回去就和衣睡了，第二天他得一大早就起床，邮车明天六点以前来，主人有包裹要寄。

晚上十一点过后，周围的世界万籁俱寂，我的心也同样宁静。感谢上帝，感谢你在这最后时刻赐予我如此大的力量。

仰望夜空，透过急速飞奔的乌云，我依然看见一颗颗闪亮的星，那就是你们呵，我至亲至爱的人！不，你们永远不会坠落，因为你们和我一样存在于上帝这位永恒主宰的心中。在群星璀璨中，有一颗最美丽的——北极星，每当夜幕降临，我离开你的时候，它就在那遥远的地方凝视着我。望着它，我如痴如醉，向它伸出双手，将它当做我神圣幸福的象征！还有那……夏绿蒂啊，还有什么东西不会让我想到你呢？你无处不在！不是吗？就连你手指碰过的那些小玩意儿，我不也是像个孩子似的全部据为己有吗？

夏绿蒂，这幅可爱的剪影画像送给你，请好好地珍藏吧，我在上面吻过何止千百次！每逢出门或回家，我都会对它挥手告别或致意。

有张纸条是给你父亲的，请他埋葬我的遗体。在公墓后面朝向田野的一角有两株菩提树，我希望安息在那儿。我想你父亲能够、也愿意为他的朋友帮这个忙，也请你替我向他求个情。不过，我不会勉强的，我这个不幸者的躯体不一定非要和虔诚的基督徒埋葬在一起①。唉，你们可以把我葬在路旁，或幽寂的山谷中，好让过往的祭师在我坟前祝福，让撒马利亚人②为我洒下眼泪。

是时候了，夏绿蒂！握住这冰冷的枪柄，我心中毫无畏惧，恰似捧着盛满佳酿的酒杯，我将把这死亡的美酒痛饮！我不会犹豫，因为它是你给我的，我生命中的一切希望和梦想都因你而得到满足！此刻，我可以平静地敲响那死亡之门了。

夏绿蒂啊，能够为你而死，为你献身，我是幸福的！我愿意勇敢而快乐地面对死亡，只要我的死能为你的生活重新带来安宁和欢乐。人世间只有少数高尚的人愿意为挚爱抛洒热血，用自己的死鼓舞起朋友们无穷的生之勇气。

我希望穿着我死时身上的这些衣服下葬，因为你曾抚摸过它们，它们在我心中神圣无比。关于这一点，我也请求你父亲。请别让人来翻弄我的衣袋，那个粉红色的蝴蝶结是我第一次见到你的时候，你戴在胸前的……呵，请代我亲吻孩子们，把我的故事告诉他们。可爱的孩子们呀，仿佛他们现在还围绕在我身边！啊，我是多么依恋你，自从见到你之后，我就再也离不开了……那个蝴蝶结是

我过生日时你送我的，我希望和它葬在一起。夏绿蒂啊，我完完全全地接受了你的一切，没想到，我的结局竟是如此……镇静点！镇静点吧……

弹药已经上膛……时钟正敲响十二点！就这样吧……夏绿蒂，夏绿蒂，别了，永别了！

一位邻居看见火光闪了一下，接着听见一声枪响，随后一切回归平静，于是便没有太在意。

早晨六点，仆人走进维特的房间，发现他躺在地上，身下是一滩血，旁边还有一支枪。小伙子惊慌地把灯凑近维特，大声地呼唤他，并扶他坐起来。靠在自己的身上。此时的维特还在喘气，但已无法言语。仆人惊恐万状地跑去请大夫并通知阿尔伯特。夏绿蒂听见急促的门铃声，顿时一种巨大的恐惧感袭来，浑身颤抖不已。她叫醒丈夫，两人连忙穿衣起来。维特的仆人哭喊着跑进他们房间，结结巴巴地报告这可怕的消息。夏绿蒂一听便昏厥过去，阿尔伯特连忙抱住她。

大夫赶到的时候，维特的脉搏还在微微跳动，但四肢已开始僵硬，显然已经没救了。他对准自己右眼上方的额头开了一枪，脑浆都迸了出来。大夫不忍看维特如此痛苦地受死神的折磨，便割开了他胳膊上的一条动脉，但他仍在喘息。

靠椅的扶手上、地上，到处都是斑斑血迹，可以断定他是坐在书桌前向自己开枪的，随后倒在地上，剧痛迫使他围着椅子翻滚，最后仰面躺着，脸对着窗户，再也无法动弹。毅然走向死亡的维特，穿着他心爱的衣服：黑色燕尾服、黄色背心、长筒皮靴。

维特的消息不胫而走，很快传遍了全城。

阿尔伯特走进来的时候，维特已被放在床上，额头扎着绷带，脸呈死灰色，只是还在可怕地喘着气，一会儿轻，一会儿重。大家都希望他快点咽气，不要再受如此深重的痛苦煎熬。

昨夜他只喝了一杯酒，书桌上放着《艾米丽亚·迦洛蒂》③，书是翻开着的。

我们可以想象阿尔伯特的震惊和夏绿蒂的悲伤，在此就不作描述了。

法官带着几个大一点的儿子匆匆赶来，老人泪流满面地亲吻着垂死的维特，悲痛不已。几个孩子跪在床前放声大哭，扑倒在维特身上，吻他的手和嘴。维特平日最喜欢的那个最大的男孩更是伤心欲绝，一直亲吻着维特，不愿撒手，直至维特咽下最后一口气，人们才不得不强行把他们分开。

正午十二点，维特终于结束了他的苦难，灵魂飞升天堂，微笑着跪倒在仁慈的天父面前。

当维特的死讯传遍全城时，人们蜂拥而至，幸好法官事先做了安排，场面才不至于混乱。当晚十点过后，法官吩咐把维特葬在他自己选定的墓地，那里可以俯瞰他心爱的峡谷和美丽的田园山川。几名工匠抬着维特，法官带着儿子跟在后面，没有教士来为他送葬。阿尔伯特没能来，他正为夏绿蒂的生命担忧不已。

①按照基督教教义，自杀是一种叛教行为，自杀者不能葬入公墓。
②撒马利亚人，指救死扶伤的人，见《新约·路加福音》第十章。
③德国伟大文学家莱辛（一七二九—一八三一）的著名悲剧。女主角的父亲是一名军官，为了不让女儿被暴君玷污，他亲手杀死了自己的女儿。